Gerda Brömel
Wie es weiterging
Kieler Deern 1949 – 1951

Brömel lebt in Mönkeberg an der Kieler Förde. Bis zu ihrem Ruhestand war sie in der Verwaltung verschiedener Institutionen tätig. Danach begann sie mit ihrer literarischen Arbeit. Inzwischen hat sie zahlreiche Bücher mit Kurzgeschichten, Reiseberichten sowie zwei Romane veröffentlicht. Daneben arbeitet sie auch als Herausgeberin/Bearbeiterin von Texten anderer Autoren.

Gerda Brömel

Kieler Deern
Wie es weiterging
1949 – 1951

*Bibliografische Information
der Deutschen Nationalbibliothek:
Die Deutsche Nationalbibliothek verzeichnet diese
Publikation in der Deutschen Nationalbibliografie;
detaillierte bibliografische Daten sind im Internet
über http://dnb.dnb.de abrufbar.*

Verlag: BoD · Books on Demand GmbH,
Überseering 33, 22297 Hamburg, bod@bod.de
Druck: Libri Plureos GmbH, Friedensallee 273,
22763 Hamburg
ISBN: 978-3-8192-7977-5

Inhalt

Für
Inga, Olaf,
Hanno, Svea, Merle, Simon,
Rieke, Johan, Leo

Liebe Leserinnen und Leser,

wer seine alten Briefe, Zeugnisse, Dokumente liest oder Fotos betrachtet, ist erstaunt über die Fülle von Begebenheiten, Gefühlen und sogar Gerüchen, die unerwartet als Erinnerung auftauchen. Hierbei handelt es sich nicht nur um besondere Ereignisse, sondern durchaus auch um scheinbar Nebensächliches.

Werden Erinnerungen weitererzählt, können sie das alltägliche Leben vergangener Zeiten auch für folgende Generationen deutlich werden lassen. Und vielleicht sogar verstehbar.

Zum Text: Die Briefe an meine Eltern und an meinen Jugendfreund Erich habe ich unbearbeitet in der damaligen Rechtschreibung übernommen (bis auf erforderliche Kürzungen und Einfügungen […].) – Für die mangelhafte Druckqualität der jahrzehntealten Vorlagen und Dokumente bitte ich um Nachsicht.

Gerda Brömel

Wie es weiterging
1949

Silvester 1948/49 hatten wir bei meiner Schulfreundin Lore ausgelassen gefeiert, bis mein Freund Cherry und ich uns mal wieder in die Haare kriegten – vermutlich wegen nichts. Trotzdem brachte er mich den weiten Weg von Lores elterlicher Wohnung nach Hause. Denn immer noch war es nachts stockdunkel in der Stadt. Erst wenige Straßenlaternen leuchteten wieder, nachdem die meisten im Bombenkrieg beschädigt oder ganz verschwunden waren.

Mutter und Vater schliefen noch, als ich frühmorgens unsere Haustür aufschloss. Deshalb brauchte ich auch nicht mit Vaters Donnerwetter zu rechnen, so wie Anna es vor ein paar Jahren erlebt hatte. Nicht nur hierbei, sondern auch bei anderen Dingen hatte meine fünf Jahre ältere Schwester mir sozusagen den Weg geebnet. Dies wurde mir allerdings erst viel später klar.

Obwohl die Weihnachtsferien noch andauerten, ging ich am nächsten Tag in die Griesingerstraße zur Klavierstunde bei Fräulein Gennrich. Sie meinte, demnächst könne ich mich wohl an Beethovens G-Dur-Sonate wagen. Die schien mir nach dem Notenbild allerdings ziemlich schwer zu sein, und so war ich etwas verzagt. Fräulein Gennrich sei jedoch mit meinen Fortschritten sehr zufrieden, hatte sie Tante Hanna erzählt – sie waren Kolleginnen im Kieler Rathaus. Taha, wie Anna und ich unsere Tante nannten, hatte das Lob an Mutter weitergegeben. Und Mutter erwähnte es dann mir gegenüber. Natürlich versehentlich, denn allzu viel Lob tat jungen Leuten gar nicht gut.

Am ersten Tag des neuen Jahres waren meine Schulfreundinnen Käthe und Elke überraschend zu mir in die Kantstraße gekommen. Sie wohnten in Kronshagen und hatten sich trotz des starken Schneefalls zu Fuß auf den knapp halbstündigen Weg gemacht. Es war Kaffeezeit. Wir saßen im Esszimmer, denn in Annas und meiner ungeheizten Dachkammer war es buchstäblich eiskalt. Das im Krieg mehrmals zerstörte Dach unseres Reihenhauses hatte immer noch nicht fachmännisch repariert werden können. Nur provisorisch hatte Anna es im Frühjahr 1945 mit gebrauchten Ziegeln abgedichtet. Auch in den anderen Räumen war es kalt. Da das angrenzende Nachbarhaus zerbombt war, drangen Kälte und Feuchtigkeit ungehindert durch unsere ungeschützte Hauswand. Hinzu kam, dass Kohlen, Koks oder Briketts knapp rationiert und über Monate überhaupt nicht erhältlich waren.

Wir saßen am Esstisch und sprachen leise miteinander, denn meine Eltern hielten sich im angrenzenden Wohnzimmer auf und sollten natürlich nicht alles mitkriegen, was wir uns erzählten.

Mit Käthe und Elke war ich seit der zwei Jahre dauernden KLV (Kinderlandverschickung) eng befreundet. Damals waren wir zeitweise sogar Stubengenossinnen gewesen. Jetzt hatten sie eine Theaterkarte für den nächsten Tag zu verschenken und dabei an mich gedacht. Theaterkarten waren zwar teuer, aber nach wie vor sehr begehrt. Da die Zeiten alles andere als rosig waren, ließ man sich im

11

Theater gern in eine andere, buntere Welt versetzen. Für uns war es auch ein Ort, an dem wir Sechzehnjährigen uns schon fast wie Erwachsene fühlen durften. Käthe, Elke und ich verabredeten, am nächsten Tag gemeinsam zum Neuen Stadttheater in der Holtenauer Straße zu gehen. Auf dem Spielplan stand: »Was ihr wollt« von William Shakespeare.

Übrigens kann ich mich nicht daran erinnern, dass wir Schulfreundinnen in den ersten Nachkriegsjahren untereinander jemals über den Krieg und über unsere Ängste während der Luftangriffe geredet hätten. Und auch nicht über den straff geregelten Alltag im KLV-Lager mit dem kommissmäßig durchgeführten Dienst als JM (Jungmädel)). Oder über die politischen Schulungsstunden, in denen wir neben anderem die Lebensdaten Adolf Hitlers auswendig lernen mussten, um sie jederzeit hersagen zu können.

Mit den Jungs, mit denen ich vorher getanzt und herumgealbert hatte, unterhielt ich mich auf dem Nachhauseweg hin und wieder auch ganz ernsthaft. Doch selbst mit ihnen kam das

Gespräch niemals auf ihre Zeit als FLAK-Helfer oder Volkssturm-Mann. Obwohl sie 1945 doch als Fünfzehnjährige zu »Hitlers letztem Aufgebot« gehört hatten.

Warum blieben wir stumm? Vermutlich, weil wir das ersehnte Kriegsende als eine so tiefgreifend befreiende Zäsur erlebt hatten, dass wir die vergangenen schrecklichen Jahre einfach vergessen wollten: Offenbar hatte eine erfolgreiche Verdrängung stattgefunden. Jedoch nicht lebenslang: Als Anfang des Jahres 2022 in den Medien vom Einmarsch russischer Truppen in die Ukraine berichtet wurde, kamen die sich in der Kindheit festgesetzten Ängste plötzlich in aller Deutlichkeit an die Oberfläche. Wie mir Anna und auch meine Freundinnen gestanden, hätten sie bei dieser Nachricht plötzlich laut weinen müssen. Ich selbst war auch wieder das siebenjährige Kind von 1939, das bei Beginn des Krieges die Angst der Eltern miterlebt hatte.

Am sechsten Januar begann nach den Weihnachtsferien wieder der Schulunterricht, außerdem hatte Taha Geburtstag. Deshalb verzichtete Mutter auf ihre abendliche Abonnementsvorstellung von Mozarts »Zauberflöte« und schenkte mir ihre Karte. Ich besaß einen Taschenkalender 1949, in den ich mir wichtig erscheinende Ereignisse eintrug. »Sehr schön!«, notierte ich damals nach diesem musikalischen Erlebnis.

Seit der Währungsreform im letzten Jahr mit Einführung der D-Mark war ganz allgemein das Geld knapp. Und so hieß dann auch der Refrain eines neuen und sehr populären Karneval-Schlagers »Wer soll das bezahlen, wer hat so viel Geld? Wer hat so viel Pinkepinke, wer hat das bestellt?« Erst ab Ende Januar 1949 gab es auch wieder Pfennigmünzen. Bisher war die niedrigste Währungseinheit ein Schein im Wert von fünf Pfennigen gewesen.

Vor knapp einem halben Jahr war ich Mitglied geworden im Musikkreis (MK) unter Heinrich Grahls Leitung. Die Übungsabende fanden jeden Mittwoch in der Schule am Ravensberg statt, die inzwischen »Ricarda-Huch-Schule« hieß. Im Januar gaben wir dort ein privates

Konzert für Eltern und Freunde. Ich sang im Alt, mein Freund Cherry im Tenor. Nach unserem Streit in der Silvesternacht hatten wir uns wieder vertragen. Der erste Schritt dazu war von ihm gekommen, nachdem ich mich eine Woche lang unnahbar gezeigt hatte.

An einem Nachmittag im Januar war unser »Hausfreund« Heini (Sohn von Flensburger Freunden meiner Eltern) mal wieder bei uns. Er überließ mir seine verbilligte Studentenkarte für das abendliche Sinfoniekonzert im »Empire House«. Denn er wollte abends zurück nach Flensburg fahren, um die Semesterferien lieber zu Hause als in seiner ungeheizten Studentenbude zu verbringen.

Gespielt wurden das Klavierkonzert b-Moll von Tschaikowsky mit der damals sehr bekannten Margot Pinter sowie die Sinfonie Nr. 9 in Es-Dur von Schostakowitsch. Ich weiß noch, dass ich es wieder aufregend fand – neben diesem für mich erstmaligem Konzert-Erlebnis –, Musik von noch *lebenden* Komponisten zu hören! Interessant waren dabei auch die ungewohnten Tonfolgen und neuen Harmonien. Ganz fremd waren sie mir nicht, denn schon im vergangenen Jahr hatte ich bei Aufführungen der Kieler Bühnen Bekanntschaft gemacht mit Musik von Blacher, Hindemith und Strawinsky. Die Solistin begeisterte mich nicht nur durch ihr virtuoses Spiel, sondern ebenso durch ihre elegante Erscheinung in einem wunderschönen Kleid, mit dazu passenden Schuhen und perfekter Frisur.

Mein erster Freund Erich und ich schrieben einander immer noch regelmäßig. Er war vor einem Jahr nach Berlin zu seinen Eltern gezogen, nachdem er die erste Nachkriegszeit bei seinen Großeltern in Kiel verbracht hatte. Doch jetzt war seit zwei Wochen kein Brief von ihm gekommen. Er habe Diphterie gehabt und längere Zeit im Krankenhaus zubringen müssen, schrieb er später.

Brief an Erich, »16.01.49: […] Ich war zum ersten Mal in einem Sinfoniekonzert! Ich ging ganz ohne Erwartungen hin, war aber nachher schwer begeistert. Komischerweise fand ich dann alles, was der Kritikus in der VZ [Schleswig-Holsteinische Volkzeitung] schön fand, schlecht und umgekehrt. Hast du schon mal was von Schostakowitsch gehört? Der Komponist ist nämlich gut. […] Das Ereignis des Tages ist übrigens ein Telefonanruf aus London für unseres Hauses Sonnenschein [so nannten Anna und ich liebevoll-spöttisch unseren älteren Bruder Fritz]. Die ganze Familie wagte kaum zu atmen, damit unser Fritzilein auch alles gut verstehen konnte. Fritz ist überhaupt gut. In der letzten Nummer von ›Blick in die Welt‹ ist nämlich eine gut bekrittelte Kurzgeschichte von ihm drin. Und ich bin seine Schwester! […]«

Bei der Anruferin handelte es sich um Fritz' Freundin Susi Schwarzwälder. Er hatte sie während seiner Zeit als englischer Kriegsgefangener bei dem Dichter Erich Fried kennengelernt. Sie war eines der jüdischen Kinder gewesen, die 1938/1939 von Berlin aus nach England transportiert worden waren und somit vorm Holocaust gerettet werden konnten. Englische Familien hatten sich bereit erklärt, jeweils eines dieser Kinder aufzunehmen. Inzwischen war Susi Anfang zwanzig und lebte und arbeitete in London.

17

Die Schule fand ich immer noch langweilig. Für die meisten Fächer arbeitete ich schriftlich nur das Nötigste und blieb auch im Unterricht häufig teilnahmslos. Lebhaft beteiligte ich mich nur in den Deutsch- und Geschichtsstunden. Meine Freundin Ilse und ich waren oft die Einzigen, die dies taten. Die naturwissenschaftlichen Fächer interessierten mich dagegen absolut nicht. Ich sah nicht ein, warum wir komplizierte Formeln, Gesetze oder chemische Verbindungen auswendig zu lernen hatten – etwas, das wir nach meiner Meinung niemals brauchen würden! Ich hoffte, mein erwartet schlechtes Zeugnis würde Mutter und Vater endlich davon überzeugen, dass ich unmöglich das Abitur schaffen würde! Und da wäre es doch nur vernünftig, wenn sie mich – genau wie meine Freundinnen – nach der Untersekunda von der Schule abgehen ließen. Die Lateinstunden hatte ich ohnehin schon seit einem Jahr geschwänzt. Sie lagen immer in der ersten Stunde und so konnte ich etwas länger schlafen. Merkwürdigerweise war mein Fehlen niemandem aufgefallen! Weder der Latein-Lehrerin noch Mutter, die meine Zeugnisse immer arglos unterschrieb. Damals gab es dreimal im Jahr Zeugnisse: vor den Oster-, Herbst- und Weihnachtsferien.

U IIa mit Lehrer Ohnesorge

Ich hatte allerdings nur verschwommene Vorstellungen von dem, was ich nach der Schule eigentlich machen wollte. Vielleicht eine Lehre im Buchhandel? Dann könnte ich doch alles lesen, wonach mir der Sinn stand! Oder eine Ausbildung zur Organistin? Am liebsten würde ich jedoch erstmal ein Jahr ins Ausland gehen. Viele Leute wollten sogar für immer weg, nämlich auswandern – nur raus aus dem trostlosen kaputten Deutschland! Kanada, Australien, Schweden waren die Sehnsuchtsländer.

Um intensiv für die Schule zu arbeiten – sie hieß inzwischen Käthe-Kollwitz-Schule –, waren der Nachmittag und Abend sowieso immer viel zu kurz. Montags und donnerstags ging ich zur Klavierstunde, für die ich vorher natürlich tüchtig üben musste, mittwochs war Chorprobe im MK, freitags gingen Anna und ich zum Segelunterricht. Zu Letzterem waren wir durch den schüchternen Klaus gekommen, der ein begeisterter Segler war und ebenfalls ein zuverlässiger Chorsänger im MK. Im letzten Jahr hatte er mich einmal zu einem Törn auf einer Jolle eingeladen. Da ich jedoch etwas Bammel davor gehabt hatte, überredete ich Anna mitzukommen. Dieser Törn hatte uns beiden dann so gut gefallen, dass wir beschlossen, den Segel-Grundschein zu machen.

Auch halfen Anna und ich Mutter natürlich im Haushalt. Zum Beispiel gehörte zu unseren täglichen Pflichten die Abwäsche nach dem Mittagessen. Mit Mutter, Fritz, Anna, Tante

Hanna und mir (Vater aß in einer Kantine am Düsternbrooker Weg) saßen wir zu fünft am Esstisch. Es wartete also immer viel gebrauchtes Geschirr auf uns.

Unser Küchentisch besaß eine damals übliche sinnvolle Einrichtung. Die zogen wir an zwei Griffen unterhalb der Tischplatte hervor, und heraus kam ein Abwaschtisch. Ausgezogen ruhte er am hinteren Ende auf einem Gestänge unterhalb der Tischplatte und vorn auf zwei Beinen. In diesem Abwaschtisch hingen in passenden Öffnungen zwei Emaille-Schüsseln: eine fürs heiße Wasser, die andere für die gereinigten Teile. In einer kleinen Küche wie unserer war dies praktisch, denn nach dem Abwasch verschwand die Vorrichtung wieder unter dem Tisch. Wasser für den Abwasch wurde im Kessel auf dem Herd erhitzt – warmes Wasser aus der Leitung lag in so weiter Ferne, dass wir nicht einmal davon träumten!

Anna wusch, ich trocknete ab. Meistens sangen wir dabei zweistimmig alte und neue Lieder. Wegen der Melodie mochte ich besonders gern »Mit Lieb bin ich umfangen, Herzallerliebster mein …«. Wenn Vater uns einmal singen hörte, bat er, doch auch *sein* Lieblingslied zu singen: »Ein Schäfermädchen weidete, zwei Lämmer an der Hand …« Wir kannten unzählige Volkslieder, denn bei geselligen Zusammenkünften wurde oft gesungen. Abends gab es unter Freunden auch gern ein gemeinsam gesungenes Lied, bevor man auseinander ging. Es waren »Kein schöner Land in dieser Zeit …«, »Ade nun zur guten Nacht …«, »Över de stillen Straaten «, »Der Mond ist aufgegangen …«, »Guten Abend, gut Nacht…« und ähnliche. Im Musik-Kreis hatten wir gerade ein neues Lied gelernt: »Will die Nacht hernieder sinken …«, das ich besonders schön fand.

Ich erinnere mich, dass ich neben dem Abtrocknen manchmal auch das Bohnern der Linoleum-Fußböden übernommen hatte. Linoleum lag im Flur, Esszimmer und in Fritz' Stube sowie in der Dachkammer. Das Elternschlafzimmer, Tante Hannas und das Wohnzimmer besaßen einen Dielen-Fußböden. Den Bohnerbesen über das vorher gewachste Linoleum hin und her zu schieben, bis die stumpfen Böden glänzten, war keine leichte Arbeit. Während ich dies schreibe, fällt mir ein, dass ich als Kleinkind einen Mini-Bohnerbesen besaß, mit dem ich Mutter eifrig »half«. Zu der Zeit hatte ich mein erstes Gute-Nacht-Gebet gelernt: »Ich bin klein, mein Herz ist rein, soll niemand drin wohnen als Jesus allein«. In der Familie wurde erzählt, ich hätte damals einmal vorm Einschlafen gebetet: » … soll niemand drin *bohnern* als Jesus allein.«

Die Holzdielen mussten in zwei- oder mehrjährigen Abständen neu lackiert werden. Dies betraf bei uns aber meistens nur die abgetretenen Stellen im Wohnzimmer, auf denen kein Teppich lag. Lackieren war Mutters Aufgabe. Der Lack musste anschließend mindestens zwei Tage trocknen. Während dieser Zeit durften wir die Stube natürlich nicht betreten. Vater hatte dann immer schlechte Laune, weil er nicht an seinen Schreibtisch kam.

Laut meinem Taschenkalender gingen Elke und ich im Januar einmal spätnachmittags »studienhalber« zum Elternabend der U IIb in der Humboldtschule. Er fand dort statt, da unsere Aula im völlig zerstörten Teil unserer Schule lag. Die

U IIb war unsere Parallelklasse, und deshalb fanden wir den Abend natürlich »blöde«. So hatte ich es jedenfalls notiert.

Anschließend war ich mit Mutter und Vater »bei Röhls zu einer Gesellschaft«. Eine Erinnerung hieran habe ich allerdings nicht. Das ist erklärlich, denn bereits im letzten Jahr war ich einige Male mit den Eltern in der Esmarchstraße bei Maler Karl Peter Röhl[1] gewesen und deshalb war für mich ein Besuch wohl nichts Außergewöhnliches mehr.

Am 18. Januar feierten wir nachmittags Mutters 53. Geburtstag bei Kaffee und Kuchen. Es waren Freunde meiner Eltern gekommen, die sich schon während der NS-Zeit regelmäßig in einem Kreis von Antinazis bei uns getroffen hatten. Mutters Geburtstagswunsch war eine Springform. In der Stadt waren inzwischen schon einige im Krieg zerstörte Geschäftshäuser wieder aufgebaut worden, zunächst jedoch nur einstöckig. Der Bedarf an Konsumgütern jeglicher Art war nach den vielen Jahren des Mangels natürlich enorm, während deren

---

[1] Karl Peter Röhl, 1890 – 1979, Maler und Grafiker

Produktion erst nach und nach wieder in Gang gebracht werden konnte. Ich hatte Glück: Tatsächlich fand ich eine Springform, und zwar im Geschäft von Leopold in der Holstenstraße.

Frauke, meine Kindheits- und Schulfreundin, hatte mich zur Feier ihres siebzehnten Geburtstags eingeladen. Früher wohnte sie in der Kantstraße 65. Es war eines der sieben im Januar 1944 zerstörten Reihenhäuser. Danach war die Familie in einer winzigen Wohnung am Hohenzollernring [jetzt Westring] untergekommen.

Weitere mir damals als notierenswert erscheinende Ereignisse dieser Woche waren: »prima neue Schuhe und Blusenstoff gekauft. Im Kino: ›Bedelia‹ mit Margaret Lockwood, spannend!«

Bei Fräulein Gennrich begann ich jetzt den ersten Satz der G-Dur-Sonate Nr. 20 von Beethoven, Op. 49, einzuüben.

Schon wieder war ich in einem Sinfonie-Konzert. Diesmal nicht allein, sondern mit Heini, der für mich die Studentenkarte einer Kommilitonin besorgt hatte. Es gab »Die Jahreszeiten« von Joseph Haydn. Heini – er war fünf

Jahre älter als ich – erklärte mir dabei die Orchesterinstrumente, von denen ich erst wenige kannte. Und es hieße nicht »erster Geiger«, sagte er, sondern »Konzertmeister«. In Kiel war dies Lothar Ritterhoff, der im schwarzen Anzug und mit seinen zurückgekämmten welligen Haaren eine elegante Erscheinung war.

Eines Abends besuchte uns Fräulein Dellnitz. Ich kannte sie nicht, denn sie hatte unsere Dachkammer bewohnt, während ich mit der Kinderlandverschickung in Grömitz war und Anna in Ahrensbök in der Lehrerausbildung. Fräulein Dellnitz bekleidete damals einen höheren Rang im Reichsarbeitsdienst (RAD) und durfte wohl deshalb statt in einer Massenunterkunft privat wohnen. Vater erzählte später, er, Mutter und Tante Hanna hätten zunächst starke Vorbehalte gegenüber dieser vom Wohnungsamt eingewiesenen neuen Untermieterin gehabt. Wie leicht hätte sie mithören können, wenn im Haus politisiert wurde! Als Führerin in einer NS-Organisation wäre sie sogar verpflichtet gewesen, etwaige »staatsfeindliche« Äußerungen bei der Gestapo zu melden. Es sollte sich dann aber herausstellen, dass es sich bei Fräulein Dellnitz um eine »bekehrte Nazisse« handelte, wovon es im Laufe der zwölfjährigen NS-Diktatur wohl einige gab. Ihre politische Einstellung hatten nächtliche Gespräche im häuslichen Kohlenkeller während der Luftangriffe ergeben.

Jetzt, am letzten Januarabend 1949, saß Fräulein Dellnitz in unserem Wohnzimmer und erzählte, wie es ihr inzwischen ergangen war. Noch unmittelbar vor Ende des Krieges habe man sie mit ihren »Maiden« (18 bis 21-jährige zum RAD verpflichtete Mädchen) an die Ostfront kommandiert. Zur Ausführung des Befehls sei es dann aber zum Glück nicht mehr gekommen, denn inzwischen hatte »Großdeutschland« kapituliert. Zurück in Kiel, fand sie nur noch auf dem berüchtigten Wohnschiff BARBARA einen Schlafplatz. Dort herrschten tatsächlich schlimme Zustände, sagte sie. Es sei unvorstellbar schmutzig, vor allem im Sanitärbereich, und den Ratten gegenüber sei man absolut machtlos. Sie hoffe, nach Kanada auswandern zu können, wo Arbeitskräfte für die Land- und Bauwirtschaft gebraucht würden. Schwere körperliche Arbeit zu leisten, habe sie während ihres Pflichtjahres auf einem Bauernhof ja zur Genüge gelernt. Nach Island könne sie sogar sofort auswandern. »Island sucht Dienstmädchen für Landhaushalte«, habe in der Zeitung gestanden. Aber dafür sei sie vermutlich schon zu alt (sie war Anfang Dreißig), denn deutsche Frauen würden nicht nur als Arbeitskräfte gesucht, sondern auch als Ehefrauen in dem Land mit großem Männerüberschuss.

Die Geschichte von Fräulein Dellnitz, die »ganz mutterseelenallein auf der Welt ist«, wie Mutter sagte, beeindruckte mich damals sehr.

Schon im Februar schrieben wir in fünf Fächern insgesamt acht Klassenarbeiten, denn Ende März würde es die Versetzungs-Zeugnisse geben. In den Nebenfächern wurden diese Arbeiten oft überraschend angesetzt. Wir erfuhren davon erst, wenn die Lehrkraft zu Beginn der Stunde die unter Verschluss gehaltenen Hefte austeilte. Vorherige Tests waren nicht üblich.

An Filmen sah ich »Martin Roumagnac« mit Marlene Dietrich, den ich »blöd« fand, spannend dagegen »Der Glöckner von Notre Dame« und »Fregola« mit Marika Rökk – ihr erster

Film nach 1945. Darin sang sie »Mama sagt, ich darf nicht küssen…«, ein Lied, das meine Freundinnen und ich mit Begeisterung nach-sangen.

Unsere Klasse war wieder einmal von unse-rer »Patenklasse« der Max-Planck-Schule ein-geladen worden. Diesmal zu einem Kostüm-fest. Wo, weiß ich nicht mehr. Notiert hatte ich »Reimers« (Hotel Reimers?). Jedenfalls war das Fest »Prima!« gewesen.

»Noch besser!« fand ich jedoch den »Mas-kenball« (ohne Masken) am nächsten Tag in der Pädagogischen Hochschule. Anna und ich

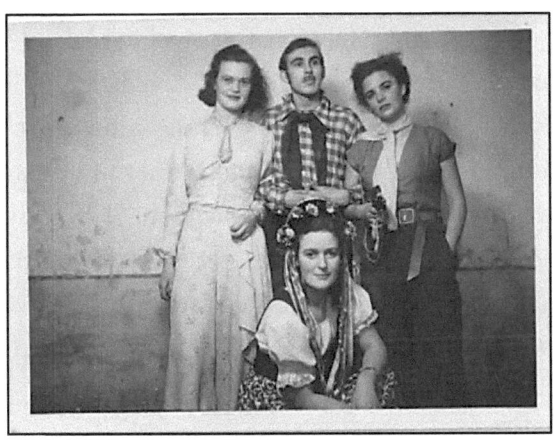

Gerda rechts als »Cow Girl«

29

waren zusammen hingegangen. Für die Kostüme improvisierten wir immer etwas aus Vorhandenem. Ich erinnere mich, dass Mutter mir einmal sogar erlaubt hatte, die Gardine (»Kappe«) über dem Küchenfenster vorübergehend abzunehmen, um daraus einen kurzen weiten Rock zu zaubern.

Erst gegen sechs Uhr morgens waren Anna und ich vom Fest in der PH wieder zu Hause. Auf männliche Begleitung hatten wir verzichtet, da wir ja zu zweit waren.

Vielleicht war aber Hans mit uns gegangen, denn er wohnte ebenfalls in der Kantstraße, sein Vater war Edgar Rabsch[2], Musik-Professor an der PH. Am nächsten Tag steckte Hans den »Jazzplan der Woche« durch den Briefschlitz unserer Haustür. Hans war etwas älter als ich; ich hatte auf dem Ball ein paar Mal mit ihm getanzt und ihn »niedlich« gefunden. Wie er mir beim Tanzen erzählt hatte, gebe es in Kiel jetzt einen von ihm gegründeten Bebop-Club, worauf ich spontan meine Mitgliedschaft erklärte.

---

[2] Musikpädagoge, Komponist, Herausgeber von
    Liederbüchern

Bebop war damals eine neue jazzige Musik- und Tanzrichtung. Nachdem ich jedoch erfahren hatte, dass ein Mitgliedsbeitrag erhoben wurde, trat ich schnell wieder aus.

»Heini hier«, steht in meinem Merkbuch unter dem 15. Februar. Ab und zu tauchte er mal auf bei uns in der Kantstraße. Wie immer überbrachte er Grüße von seinen Eltern – Jugendfreunde von Mutter und Vater. Auf meine Bitte setzte er sich auch ans Klavier, um ein paar Schlager zu spielen: »Kann denn Liebe Sünde sein …«, »In der Nacht ist der Mensch nicht gern alleine …«, »Frauen sind keine Engel …« und ähnliche.

»Zum Musikkreis mitbringen: 2 Löffel Zucker und 2,50 DM«, lese ich in meinem Kalender unter dem 16. Februar. Vermutlich wollte jemand einen Kuchen backen für unser »Stiftungsfest« in der kommenden Woche.

Nach wie vor waren Lebensmittel rationiert, offiziell gab es sie nur auf entsprechende Abschnitte der Karten. Einiges konnte man aber doch schon »ohne« kaufen. Fürs Fest hatten Anna und ich auch noch »eine Verlängerungsschnur, Kuchenteller, Schnapsgläser, Tassen,

Teller, Brotscheiben und Käsebrot« mitgebracht. Das Stiftungsfest im Ravensberg (Gebäude der Ricarda-Huch-Schule) dauerte dann von 18.30 – 3 Uhr. Ich fand es »Prima!«

Anna war seit einiger Zeit ebenfalls im MK. Sie hatte mit ihrem Freund Schluss gemacht und wirkte danach etwas verloren. Deshalb hatte ich sie überredet, doch bei uns mitzusingen.

Nach ihrem Lehrerexamen war sie zurück in Kiel und unterrichtete an der Ludwig-Richter-Schule in der Sternstraße. Dort hatte sie zwei Klassen mit je fünfzig Mädchen, darunter waren viele Flüchtlinge aus dem Osten. (Damit die Kinder einander besser kennenlernten, hatte sie ihnen aufgegeben, etwas über sich zu schreiben. Die Arbeiten hatte Anna aufbewahrt und dann vergessen. Als sie sie viele Jahre später beim Aufräumen wiederfand, beschloss sie, diese zeitgeschichtlich interessanten Dokumente dem Kieler Stadtarchiv zu überlassen. Dort wurden sie unter der Rubrik »Kurze biografische Erzählungen über das Schicksal während und nach dem zweiten Weltkrieg« eingestellt.)

Cherry und ich hatten uns mal wieder erzürnt, woraufhin wir einen »Waffenstillstand« schlossen. Dies war vermutlich meine Idee gewesen, denn er wäre nie auf solchen Einfall gekommen. »Was ist das Ende?«, lautete meine Notiz im Kalender, »Krieg oder Frieden?«

Statt mit Cherry spazierte ich nun allein durch die Gegend oder besuchte meine Schulfreundin Tita (Christa), die am Hasseldieksdammer Weg wohnte. Dort war ihre Familie im Mehrfamilienhaus ihrer Oma untergekommen, nachdem gleich nach Kriegsende ihre Villa in der Hofholzallee von den Engländern beschlagnahmt worden war. Tita meinte aber, das Gute daran sei, dass sie nun einen viel kürzeren Schulweg hätte.

Anfang März begannen auf dem Ostufer die Sprengungen auf der Germaniawerft. Die Alliierten – in Schleswig-Holstein die Briten – wollten die großenteils bereits bombenbeschädigten Anlagen der ehemaligen Rüstungsindustrie nachhaltig unschädlich machen. Sogar in der Kantstraße wurden wir durch die Explosionsgeräusche aufgeschreckt, und in der Innenstadt sah man die schwarzen Rauchwolken über Gaarden.

Die Versetzungszeugnisse standen unmittelbar bevor, die letzten Klassenarbeiten wurden geschrieben. In der ersten Märzwoche waren es je eine für Französisch, Mathe- und Deutsch. Das Thema des Deutsch-Aufsatzes lautete: »Von Wesen und Stellung der germanischen Frau nach dem Zeugnis einiger Saga-Auszüge«.

Da Vater und Mutter mir nicht erlaubt hatten, ebenso wie meine Freundinnen nach der Untersekunda von der Schule abzugehen, musste ich notgedrungen weitermachen. Vater verordnete mir Nachhilfeunterricht in Mathe und Latein. Und so kam einmal in der Woche Gerhard Vogel für Mathe ins Haus. Er war Fritz' ehemaliger Schulfreund, der inzwischen in Kiel Chemie studierte. Für die Latein-Nachhilfe fuhr ich zweimal wöchentlich mit dem Fahrrad in den Norden Kiels zum alten Herrn Strobel. Er war früher Fritz' Deutsch- und Lateinlehrer gewesen.

Cherry büffelte fürs Vorabitur. Wir hatten uns wieder versöhnt und somit »Frieden«

geschlossen. Doch wir trafen uns nicht mehr so oft, denn wir hatten beide wenig Zeit. Manchmal sahen wir einander nur mittwochs beim Singen im MK, wonach er mich dann wie gewohnt auf dem Nachhauseweg begleitete. Doch ich war nur noch mit halbem Herzen dabei. Eigentlich verband uns – bis auf den Musikkreis – wenig miteinander. Mich ärgerte auch, dass er immer gelassen und neutral blieb, wenn ich mich einmal für irgendetwas hellauf begeisterte – wie für Jazz, Bebop oder zeitgenössische Musik, Malerei und Literatur – oder mich über etwas empörte. »Du wirst später bestimmt noch mal Beamter!«, sagte ich zu ihm, was abwertend gemeint war. Dabei hatte ich ganz vergessen, dass Vater und Anna doch auch Beamte waren, und Fritz auf dem Weg dahin war.

Weil ich so viel anderes außerhalb der Schule unternahm, schaffte ich es nicht, mein Stofftäschchen im Fach Handarbeit rechtzeitig bis zum Abgabetermin zu Ende zu bringen. Es ging um Applikationen. Mutter erbarmte sich und gab der Sache ihren letzten Schliff. Die Lehrerin benotete ihre Arbeit mit »Gut«, worüber

Mutter sich tatsächlich freute.

Für das Täschchen hatten übrigens Reste der alten Fahne der Weimarer Republik herhalten müssen – schwarz für Außen, gelb fürs Futter. Aus dem roten Teil hatte Mutter bereits früher ein Kinderkleidchen für mich genäht. Ich trug

Stofftäschchen mit Applikationen (18 x 13 cm)

es viele Jahre, denn es konnte immer ein Stück des breit umgelegten Saumes herausgelassen werden. Dass einmal Schwarz-Rot-Gold als Farben einer neuen Deutschen Republik wieder aufleben würden, hatten Mutter und Vater wohl kaum zu hoffen gewagt!

Aschermittwoch war schulfrei, dies aber sicher nicht wegen des Karnevals. Der Grund dafür war möglicherweise das Vorabitur, für das auch in unserer Schule die Unterprimanerinnen gerade geprüft wurden.

Brief vom sechsten März an Erich: »[…] Heute hat es zum ersten Mal richtig geschneit. Als in dieser Woche die großen Frühjahrsstürme waren, stand sogar das Hindenburgufer unter Wasser! Aber zur Schule mussten wir trotzdem. Apropos Schule: Ich gehe nach Ostern in den S-Zug [sprachlicher Zug] und muss ein Jahr Latein nachholen. Aussichten sind das! – Mittwoch gehe ich zu einem Fest von Gemind in der Mensa. Donnerstag findet die Entlassung der 18 Abtrünnigen unserer Klasse statt. Elke, Lore, Helga usw. gehören auch dazu. […]«

Gerd, den ich von den Klassenfesten flüchtig kannte, hatte an unserer Haustür geklingelt – nicht vorm Haus gepfiffen, wie es unter Jugendlichen üblich war. Als Mutter öffnete, hatte er sich vorgestellt und höflich gefragt, ob ihre Tochter zu Hause sei. »Welche Tochter meinen Sie denn?«, fragte sie. – Etwas irritiert antwortete er: »Gerda! Ich möchte sie zu einem Fest einladen.« Mutter war sehr angetan von dem wohlerzogenen jungen Mann, der so erwachsen in Hut und Mantel vor ihr stand. Cherry hatte noch nie zu klingeln gewagt! Zum »Gesellschaftsabend der Tanzschule Gemind« in der Uni-Mensa am nächsten Sonnabend holte Gerd mich dann auch von zu Hause ab. »Ganz schön«, notierte ich anschließend im Taschenkalender über das Fest und »Gerd ist prima.« Er hatte nämlich überhaupt keine Annäherungsversuche gemacht! Nicht einmal auf dem Nachhauseweg! Stattdessen hatten wir uns fabelhaft über alles Mögliche unterhalten. Und das gefiel mir.

Gerda (links) mit Schulfreundinnen

Am nächsten Sonnabend tagte bei Schulfreundin Margrit in der Wilhelmshavener

Straße der dreiköpfige Festausschuss unserer Abschiedsfeier für die »Abtrünnigen«. So hatten wir die Mitschülerinnen getauft, die nach der Untersekunda von der Schule abgehen wollten, durften oder auch mussten. Mit den meisten von ihnen verbanden mich nicht nur die gemeinsame Schulzeit, sondern vor allem die zwei Jahre, die wir in der KLV hatten verbringen müssen.

Brief vom 13. März an Erich: »[…] Montag wurden wir vom Vater einer Mitschülerin gefilmt. Erst fragte er das kleine Einmaleins ab, damit wir uns alle meldeten, später filmte er uns auf dem Schulhof während einer Schneeballschlacht. – Das Fest [Gemind- Gesellschaftsabend] am Mittwoch war insofern nicht nett, als wir nur heimlich schräg tanzen durften, nachher hatten wir allerdings schon einige Routine im Heimlichtanzen. Das Ganze dauerte von 20.00 – 02.00 Uhr. – Ich hör gerade die Sportreportage vom Spiel Nord- gegen Süddeutschland. Spundflasche schoss eben das Führungstor. Herbert Zimmermann schreit immer lauter, er landet sicher nochmal auf dem hohen C! –

Das Abschiedsfest für unsere Abgänger wollen

wir am 27. März machen. Wir drei vom Festausschuss haben entsetzlich viel dafür zu tun. In der letzten Woche habe ich durchschnittlich jeden Tag ein Gedicht für die Festzeitung gemacht. Da wir leider auch die Eltern und Pauker mitnehmen müssen, sind wir gezwungen, alles ein bisschen anständig zu machen. Einen fantastischen Saal im renovierten ›Kaiser Friedrich‹ haben wir vor einer Woche schon besorgt. Ich freu mich schon. – Der Schlager der Woche ist übrigens ›Mama sagt, ich darf nicht küssen‹, davor sangen wir mit Begeisterung das olle ›Besame mucho‹. Das kann ich immer noch zu jeder Tages- und Nachtzeit hören. […]«

»Annas Geburtstag [22.] mit Wolfgang Kirchenbauer, Inge und Kische [Christine] gefeiert. Wolfgang hat Quetsche gespielt, bis 2 Uhr getanzt«, hatte ich unter dem 14. März notiert. Die friesischen Pastorentöchter Inge und Kische Paulsen waren aus Norddorf auf Amrum angereist. Anna und Inge waren Freundinnen, seit sie (und Cousine Hannele) während ihrer Zeit auf der Lehrerbildungsanstalt in Ahrensbök ein gemeinsames Zimmer bewohnt hatten. Kische,

Inges jüngere Schwester, war gerade durchs Abitur gefallen, was sie jedem sofort freimütig erzählte. Sie schien sogar richtig froh darüber zu sein! Vielleicht auch, weil sie jetzt nicht studieren musste. Das hätte ich ihr natürlich nachfühlen können.

Über Vaters 51. Geburtstag am 18. März hatte ich nichts weiter vermerkt. Jedenfalls waren abends die alten Freunde gekommen. Dazu gehörte nach einigen Jahren auch wieder Elfriede Freese. Sie war etliche Jahre jünger als die anderen; Mutter und Vater kannten sie noch aus Flensburg von der Wandervogel-Bewegung. Dort hatte sie gern Gitarre gespielt und dazu gesungen. 1933 war ihr Vater von den Nazis aus seinem Amt beim Konsum-Verein geworfen worden, nachdem der Verein »gleichgeschaltet«, d. h. von der NSDAP vereinnahmt worden war. Nicht nur deshalb, aber nun erst recht, war Elfriede gegen die neuen Machthaber. Dann hatte sie sich jedoch – schon etwas übers sogenannte beste Heiratsalter hinaus – in einen ein paar Jahre jüngeren großen, gutaussehenden blonden Mann verliebt, der ihre Liebe auch erwiderte. Sie heirateten und gründeten eine Familie.

In den Augen von Mutter und Vater besaß Elfriedes große Liebe allerdings einen Makel, denn er gehörte damals der SS an und bekleidete dort auch einen Rang! Ob Elfriede ihn deshalb zu Vaters Geburtstagsfeier nicht mitgebracht hatte, oder ob er noch von den britischen Besatzern in einem speziellen Internierungslager festgehalten wurde, weiß ich nicht.

Mitgebracht hatte sie jedenfalls an diesem Abend ihre Gitarre, zu der sie dann mit ihrer ausgebildeten Altstimme Lieder sang wie »Es dunkelt schon in der Heide ...«, »Das Lieben bringt groß Freud ...«, »Kein Feuer, keine Kohle kann brennen so heiß als heimliche Liebe ...« und ähnliche. Und irgendwann stimmten Mutter, Vater und die Gäste mit ein. Mir war es etwas peinlich, dass die »alten« Leute noch Liebeslieder sangen!

Später kam Elfriede regelmäßig zu uns in die Kantstraße, manchmal brachte sie auch ihren Mann mit. Falls er nicht dank Elfriede schon viel früher ein bekehrter Nazi geworden war, hätte er dies spätestens in einem der britischen Internierungslager werden müssen. Denn dort fand für die Internierten eine »re-education« (Umerziehung) statt. Ich erinnere mich an ihn als großen schlanken, inzwischen weißhaarigen Mann, der freundlich lächelnd bei uns auf dem Sofa saß und seiner Frau das Reden überließ.

Am 19. März wurden unsere 18 Mitschülerinnen offiziell aus der Schule entlassen. »Entlassung der Abtrünnigen«, notierte ich sowie »Tagung des Festausschusses für Abschieds/Elternabend«.

Am gleichen Tag schrieb ich an Erich: »[…] Wir wollen den Abend im Rahmen eines Rundfunk-Programms bringen: ›Ein Tag mit dem RKKS‹ (Rundfunk Käthe-Kollwitz-Schule). Eigentlich olle Kamellen, aber für uns ist das noch ziemlich neu. Es gibt bei uns sogar ›Frühsport‹ und ›Die kleine Filmillustrierte‹, da wird der kürzlich gedrehte Film von unserer Klasse vorgeführt. Ich persönlich werde den ›Landfunk‹, ›Schulfunk‹ und ›Frauenfunk‹ übernehmen. Wir kriegen sogar ein echtes Mikrofon mit richtiger Übertragung! Oh, ich bin bannig stolz! Der Abend dauert von 18.00 – 02.00 Uhr. Der Direx wollte darum die polizeiliche Erlaubnis natürlich nicht unterschreiben, der Feigling. Aber wir sind Gottseidank nicht von ihm abhängig, da auch die Unterschriften unseres Elternbeirats genügen. – Morgen gehe ich mit Fritz und Kische ins Theater zu ›Don Carlos‹. […]«

»Kiel: Aufforstung durch Schuljugend«
(hier: Schüler der Hebbel-Schule)

21. März: »Schulfrei. Bäume gepflanzt.« Wie im letzten Jahr machte ich auch diesmal mit bei der

44

durch Oberbürgermeister Andreas Gayk initiierten Pflanzaktion. Die Schuljugend war wieder aufgefordert worden, freigeräumte Trümmerfelder mit jungen, schnell wachsenden Bäumen zu bepflanzen. Sie würden nach einigen Jahren die noch nicht wieder bebauten Flächen der Stadt freundlicher aussehen lassen. Die Kieler nannten sie Gayk-Wäldchen.

Am folgenden Sonntag, 27. März, war dann die »Abschiedsfeier im ›Kaiser Friedrich‹ von 18– 3 Uhr. Alle begeistert, PRIMA!«

Tatsächlich hatte alles gut geklappt. Einige Lehrer meinten nachher zu mir, ich hätte schauspielerisches Talent. Darüber freute ich mich natürlich. In unserem »Rundfunk-Musikprogramm« spielte nach meiner Erinnerung Ruth ein Stück auf dem Klavier. Außerdem traten Ruth, Margrit und ich mit dem a capella vorgetragenen Terzett »Bald prangt, den Morgen zu verkünden …« aus Mozarts »Zauberflöte« auf. Schon vor einem Jahr hatten wir es einmal vor Publikum gesungen, und es »saß« immer noch.

Am letzten Märztag erhielten wir unsere Frühjahrszeugnisse. Meines war nicht ganz so schlecht ausgefallen, wie ich gedacht hatte, ich wurde in die Obersekunda versetzt. Jetzt begannen die Osterferien. Nachmittags hatte ich trotzdem Klavierstunde und anschließend Mathe-Nachhilfe.

Sechster April. »Klassenfest mit Cherry«. Er hatte das Vorabitur bestanden und war in die Oberprima versetzt worden.

Am nächsten Abend ging ich zum »Volkstümlichen Sinfoniekonzert: Die Moldau, Pathétique (Tschaikowsky), Ouvertüre zu Oberon«. Mein Kommentar lautete: »Ging«. Dies hing wahrscheinlich damit zusammen, dass Cherry und ich uns mal wieder erzürnt hatten. Der Grund: Ich hatte auf dem Fest fast nur mit seinem Schulfreund Richard getanzt, und deshalb war er zu Recht gekränkt. Zu meinem siebzehnten Geburtstag am 10. April gratulierte er mir dann auch nur schriftlich. In seinem Brief machte er mir Vorwürfe, er sei sehr traurig. Inzwischen habe er aber »mit Richard geredet und die Sache ins Reine gebracht«. Letzteres imponierte mir. Aber eigentlich hatte ich durch mein Verhalten unsere aus meiner Sicht fällige Trennung herbeiführen wollen. Nachdem er nun jedoch brieflich seine unveränderten Gefühle für mich offenbart hatte, wurde ich wieder schwankend und wir versöhnten uns.

Schriftliche Geburtstagsgrüße ohne Vorwürfe schickten Erich, Heini und die Brüder Walter und Wolfgang vom MK. Mit Elke, Käthe, Frauke und Lore feierte ich zu Hause bei Ersatzkaffee und Bäcker-Kuchen sowie mit Quartett- und Schreibspielen. Mein anschließender Kommentar: »Ganz nett«.

Am 14. April schrieb ich an Erich: »[…] Ich bin seit gestern im Jugendkulturring. Gestern war eine Einführung und Lesung von J. P. Sartres ›Fliegen‹ mit anschließender Diskussion. Es war sehr interessant, besonders für mich, da ich nicht viel Ahnung vom Existenzialismus hatte. […] Mühlau, [Buchhändler und Vorsitzender des Kulturrings] ist es sogar geglückt, die Pariser Pianistin Monique Haas zu einer Soirée nach Kiel zu kriegen! Ich freu mich schon! So viel Schönes in Aussicht! […]«

Natürlich war ich auch im Kino. Es gab den neuen Kriminalfilm »Blockierte Signale«. Ostersonnabend sah ich mit Cherry im Neuen

Stadttheater die Oper »Der Troubadour«, die ich »mäßig« fand. Außerdem war schon wieder Jahrmarkt. Manchmal ging ich auch allein hin, denn dort traf ich immer bekannte Leute.

Ostermontag unternahmen wir mit dem MK eine Wanderung bis Schönwohld (ca. 9 km) und zurück. Wir waren nur zu neunt – drei Mädchen (Anna, Lore und ich) und sechs Jungs. Zeitweise wanderten wir in breiter Reihe über die unbelebte Landstraße. Wir gingen dann eingehakt im Gleichschritt und riefen dabei »Ein Hut, ein Stock, ein Schirm und eine Rolle Zwirn!« oder »Links 'ne Pappel, rechts 'ne Pappel, in der Mitt' 'n Pferdeappel!« und »Links, links, wenn der Hauptmann kommt, dann stinkt's!« Diese Sprüche hatten die Jungs uns beigebracht.

Morgens um halb neun waren wir losgezogen und am frühen Nachmittag wieder zu Hause. Wolfgang und Walter trugen noch Teile ihrer HJ(Hitler-Jugend)-Uniform (Foto: nächste Seite). Es war allgemein üblich, dass alte Uniformen, von denen die Abzeichen entfernt worden waren, nicht einfach weggeworfen, sondern aufgetragen wurden. Auch »neue«

Kleidung entstand häufig aus ehemaligen und jetzt schwarz gefärbten Uniformen. Mutter hatte mir eine schicke Jacke aus einer ehemaligen Marine-Uniform genäht. In diesem Fall erübrigte sich natürlich das Färben. Vater hatte

unterwegs mit MK-Freunden
(vorn: Walter, Anna, Lore, Wolfgang).

von Freunden aus der Schweiz einen alten Anzug geschenkt bekommen, dessen sehr guter Stoff jedoch schon ziemlich abgetragen aussah. Mutter entfernte sorgfältig das Futter und trennte dessen Nähte und die des Oberstoffs auf. Die Stoffteile wurden gewaschen und von der nicht abgenutzten linken Stoffseite mit

Auflage eines feuchten Tuchs gebügelt. Unsere Nachbarin Frau Neben, die ausgebildete Herrenschneiderin war, nähte alles wieder zusammen und so entstand ein wie neu aussehender Anzug. Neu allerdings nur, wenn nicht auffiel, dass jetzt die Brusttasche des Jacketts auf der rechten, statt auf der linken Seite saß.

Am 20. April waren die Ferien zu Ende. Zu uns in unseren im vorigen Jahr in Eigenhilfe wieder hergestelltem Klassenraum kamen nun die übrig gebliebenen Mädchen unserer ehemaligen Parallelklasse. Nach meiner Erinnerung gewöhnten wir uns ziemlich schnell aneinander, obwohl wir sie vorher »natürlich« blöd gefunden hatten.

Abends war ich in einem Konzert mit dem Benthien-Quartett. Gespielt wurden gemäß meinen damaligen Notizen »Stücke von Paul Hindemith und Béla Bartòk«. Es handelte sich um eine Veranstaltung des Jugendkulturrings, die für uns kostenlos war. Am nächsten Tag sah ich im Neuen Stadttheater die Oper »Der fliegende Holländer«. Für Mitglieder des Jugendkulturrings hatte es verbilligte Karten gegeben und zwei Tage zuvor die Einladung zu einer Einführung. »Sehr schön« fand ich die Wagner-Oper.

Vicelin-Notkirche (1950)

Da es sich um »unsere« Kirche handelte, erwähne ich hier ein besonderes Ereignis: Am 24. April 1949 wurde der Grundstein für den Neubau der Vicelin-Kirche als »Notkirche« gelegt, und zwar als Ersatz für die kurz vor Kriegsende durch Bomben zerstörte. Es war der erste sakrale Neubau in Kiel nach dem Krieg. Fertiggestellt wurde er innerhalb nur eines Jahres –zunächst allerdings noch ohne Turm.

Am letzten Apriltag gingen Anna und ich zum »Tanz in den Mai« der SPD. Mein anschließend notierter Kommentar lautete: »Ganz nett«.

Anfang Mai schrieben wir im Deutschunterricht eine Klassenarbeit über Kleists »Michael Kohlhaas«. In der nächsten Klassenarbeit ging es um »Die Bedeutung der Frauengestalten in Goethes Götz von Berlichingen«. Danach behandelten wir Lautverschiebungen: griechisch → lateinisch → gotisch → althochdeutsch → englisch → niederdeutsch → hochdeutsch. So etwas fand ich interessant, ebenfalls Wortdefinitionen. Als Hausaufgabe hatten wir zum Beispiel den Ausdruck »komisch« zu definieren..

Meine Leistungen im Latein-Unterricht waren offenbar hoffnungslos. In einem Brief an Erich schrieb ich: »Meine Lateinarbeit habe ich unzensiert zurückgekriegt. Oh, du glaubst gar nicht, wie ich den Schulbetrieb und alles, was mit Schule zusammenhängt, hasse! Schade, dass ich Ostern nicht abgehen durfte!«

Aber in der Schule gab es auch erfreuliche Tage. Am dritten Mai fuhr unsere Klasse per Rad an den Uklei-See. Unser Klassenlehrer Dr.

Peetz und der Erdkundelehrer Dau begleiteten uns. Wie ich nachträglich recherchiert habe, hatten wir dabei jeweils eine Strecke von rund

Radtour zum Uklei-See
Lehrer Dau li., Peetz re., Gerda hinten 3. v. li.

45 km auf unseren überwiegend klapperigen Fahrrädern bewältigt.

Ebenfalls auf Rädern fuhren Anna und ich am nächsten Sonnabend mit dem MK nach Raisdorf, wo in der Jugendherberge ein Chor-Wochenende stattfinden sollte.

Über Raisdorf schrieb ich an Erich: »[…] 16.00 Uhr ab Seegartenbrücke nach Neumühlen [mit dem Dampfer]. Herrlich! In Raisdorf trieben wir uns fast die ganze Zeit im Wald herum. Morgens hatten wir sogar Gelegenheit, uns auf dem Dach der Jugendherberge zu sonnen. Die Jungs schliefen wieder in Zelten. Heroisch bei diesem Wetter! […]«

In der nächsten Woche hörte ich einen Vortrag vom Jugendkulturring über »Goethe und die Musik«. Es war vermutlich eine der vielen Veranstaltungen zum Goethejahr anlässlich von dessen 200. Geburtstag. Auch im MK beschäftigten wir uns mit Goethe: Wir studierten den mehrstimmigen Satz seines von Heinrich Werner vertonten Gedichts »Sah ein Knab ein Röslein steh'n …« ein.

Vor einem Jahr – am 24. Juni 1948 – hatte die UdSSR die totale Abriegelung und Sperrung der drei Westsektoren Berlins und der Versorgungswege von Westdeutschland durch die Ostzone nach Berlin verhängt. Bereits zwei Tage später begannen US-Militärmaschinen auf dem Luftweg (»Luftbrücke«) lebensnotwendige Güter wie Lebensmittel, Medikamente, aber auch Kohlen, Benzin und Post nach

Westberlin zu befördern.

Als wir damals in einer Geschichtsstunde über den zeitweise ebenfalls unterbrochenen Postverkehr sprachen, schickten meine Freundinnen mir mitleidige Blicke. Sie wussten, dass mein Berliner Freund und ich einander fleißig schrieben, denn dies tat ich manchmal auch während des Unterrichts.

Knapp ein Jahr später, am 12. Mai 1949, wurde die Blockade aufgehoben. An diesem Tag schrieb ich an Erich: » […] Herzlichen Glückwunsch zur Aufhebung der Blockade! Ihr werdet aus diesem Anlass bestimmt etliche Festivitäten steigen lassen. Viel Spaß! […]«

Brief an Erich vom 19. Mai: »[…] Vorigen Sonntag war ich mit einigen Leuten vom MK in Borgwedel/Schlei. Die Fahrt per Rad war einzig. Außer mehreren Pannen kamen wir ausgezeichnet hin und zurück. Kurti hatte auf offener Landstraße einen Zusammenstoß mit Dieter und mußte sich in Eckernförde ein neues Vorderrad kaufen. Der einsame Wanderer wird am Kilometerstein 26,9 nicht versäumen, den Blick in die Höhe zu richten, um in der Krone einer

Buche die zertrümmerten Reste eines Vorderrades zu betrachten. Außerdem haben wir ganz wunderbar mehrstimmig gesungen. (Wir waren 1 Sopran, 1 Alt, 2 Tenöre und 6 Bässe). Kannst dir vorstellen, wie das geklungen hat! – Wir machen am 11. Juni. wieder ein Klassenfest, allerdings in der Penne, um das fehlende Geld für die Amrum-Reise zu verdienen. Am 23. Juni fährt unsere Klasse nämlich nach Wittdün auf Amrum. Dumm ist nur, dass gerade in dieser Zeit die ›Kieler Woche‹ ist.« – [Wir hatten schon in Extra-Turnstunden für das »Fest auf grünem Rasen« geübt. Zusammen mit Schülerinnen anderer Schulen sollten wir uns zu bewegten Kreisen, diagonalen Linien, Bögen usw. formieren.

Kieler Woche: »Fest auf grünem Rasen«

Die entsprechenden Schritte mussten wir natürlich gründlich einüben. Kleider mit weitem Glockenrock hatten wir auch bereits anprobiert.] – Weiter im Brief: »Am nächsten Sonntagmorgen werden Bärlein [Mitschülerin Ursula] und ich uns geistlich bestätigen. Wir wollen einer Messe der Franziskanermönche beiwohnen, um gregorianische Gesänge zu studieren [aktuelles Thema im Musikunterricht]. – Gestern war ich zu einem Vortrag vom Jugendkulturring ›Goethes Religion‹ Es war recht interessant. Leider hatte der Dozent der Vorlesung so'n Pastorentonfall, was mir sehr unsympathisch war. Aber was hilft's! Man muss ja schließlich was für seine Bildung tun. […]«

Wo die Franziskaner-Messe stattfand, weiß ich heute nicht mehr. Ich glaube aber, dass es im Keller oder Untergeschoss eines darüber zerstörten Gebäudes war. Dort saßen wir im Halbdunkel auf einer Rückbank, während die Heilige Messe gefeiert wurde. Gregorianische Klänge hörten wir jedoch nur im Verlauf der Liturgie, Choräle wurden nicht gesungen. Die wenigen Mönche trugen braune Kutten, die mit einer hellen Kordel zusammengehalten wurden.

Der 23. Mai war ein historisch bedeutsamer Tag: In Bonn wurde mit Verkündung des Grundgesetzes die Bundesrepublik Deutschland gegründet! Obwohl ich mich schon damals für Politik interessierte, steht in meinem Kalender nichts darüber, sondern nur »Klavierstunde«. Vielleicht war mir das Ereignis zu bedeutend gewesen für eine knappe Notiz.

Seit Kurzem leitete unser Musiklehrer Dr. Steger[3] einen gemischten Madrigal-Chor aus Oberstufen-Schülern. Die Proben fanden einmal wöchentlich nachmittags in der Humboldt-Schule statt. Margrit und Elke sangen bereits mit, als ich hinzukam. Wir probten mehrstimmige Lieder wie »Tanzen und springen …«, »Mein Liebchen hat einen Rosenmund …« und ähnliche. Steger wollte den Chor offenbar auf ein hohes Niveau bringen, seine Proben waren recht

---

[3] Dr. Helmut Steger, Musikpädagoge, Musikkritiker, Autor und Herausgeber

anspruchsvoll. Ich war mit Freude dabei. Bis er einmal sagte: »Fräulein Ohrtmann, ich habe von Ihnen gerade unsaubere Töne gehört!« Die hatte ich auch gehört, sie kamen vom Mädchen hinter mir. Ich hatte mich schon gewundert, dass sie in diesem Chor war, denn in unserer Klasse kannten wir sie als musikalisch weniger begabt – obwohl sie eine hübsche Stimme hatte und gern sang. Doch dies konnte ich Steger natürlich nicht sagen.

Zum Madrigal-Chor ging ich danach nicht mehr – Stegers Bemerkung hatte mich zu sehr gekränkt!

»Kunstausstellung vom Baukreis«. Warum ich dies unter dem 29. Mai notiert hatte, kann nur mit meinem Cousin Ulli zu tun gehabt haben, denn er war zu der Zeit Schüler der Kunstschule »Der Baukreis«. Damals konnten wir natürlich nicht ahnen, welch erfolgreicher Bildhauer[4] Ulli einmal werden würde. Auch in Kiel sind mehrere Arbeiten von ihm zu sehen,

---

[4] Ulrich Beier, 1928 – 1981, Annelise Beier: Ulrich Beier, Bildhauer, Werkverzeichnis, Hamburg 1992

darunter der Brunnen im Hof des Kieler Schlosses.

Einen Tag später schrieb ich an Erich: »[…] Neulich wurde unsere ganze Penne mit SEDistischen Briefen sämtlicher Klassen einer Mädchen-Schule aus Görlitz überschüttet [s. Anhang S. 216 ff.]. Wir haben uns man nur so gekringelt. Besonders, als neben Volkskongreß usw. auch die Hennecke-Bewegung erwähnt wurde. Hier kursieren nämlich gerade lauter Hennecke-Witze. […]«

Im Konzert mit der gefeierten Pianistin Monique Haas am ersten Juni wurden Kompositionen von Debussy, Ravel und Bartók gespielt. Bartók hatte ich in diesem Jahr schon einmal gehört und jetzt im Taschenkalender seinen Namen unterstrichen sowie mit drei Ausrufezeichen versehen. Debussy und Ravel waren mir jedoch bis dahin völlig unbekannt. Aber nach anfänglicher Skepsis war ich doch fasziniert von dieser noch etwas fremd klingenden Musik. Begeistert war ich auch von abstrakter Malerei, die ich bei Karl Peter Röhl kennengelernt hatte, sowie von ins Deutsche übersetzten

Werken zeitgenössischer englischer, amerikanischer und französischer Schriftsteller. Deren Bücher erschienen nach und nach im Zeitungsformat »rororo« bei Rowohlt für anfangs nur 50 Pfennige. All dies war während der Nazi-Diktatur in Deutschland verboten gewesen und somit nicht nur für uns Jugendliche neu.

Am nächsten Tag begannen die Pfingstferien. Bei Friseur Bruchhäuser ließ ich mir eine »Kaltwelle« machen, die das Haar mit Hilfe von Chemikalien kräuselte und nicht durch unangenehme Hitze wie bei der alten Dauerwelle. Abends war ich mit meiner Schulfreundin Helga im Kino. Es gab den Film »1, 2, 3 Corona«, den ich allerdings nur »ganz nett« fand.

Wie geplant, zogen wir MK-Leute am vierten Juni nachmittags los, um über Pfingsten am Bothkamper See zu zelten. Es regnete und das tat es auch am nächsten Tag, dem Sonntag. Doch Pfingstmontag schien endlich die Sonne. Wir hatten von Baum zu Baum eine Leine gespannt, über die wir unsere regennassen Sachen zum Trocknen hängten. Diesmal waren wir zehn Jungs und drei Mädchen. Ragnhild (Lores Schwester), Anna und ich schliefen in einem Ein-Mann-Zelt aus ehemaligem Wehrmachtsbestand. Darin hatten wir so wenig Platz, dass wir im sogenannten »Löffelstil« liegen mussten.

Gerda (li.), Walter, Anna (re.) holen Trinkwasser

Beim Zelten ging es übrigens recht »gesittet« zu. Mädchen und Jungen bildeten jeweils eine Gruppe, und falls es Paare gab, verhielten sie sich nicht als solche. Der Reiz des Zeltens lag für uns natürlich im ungebundenen improvisierten Leben in der freien Natur. In den ersten Nachkriegsjahren war es aber wohl auch eine

Flucht aus der zerstörten grauen Stadt. Zelten mit dem MK – ohne unseren Chorleiter, der schon ein alter Herr war – bedeutete natürlich auch, dass immer viel gesungen und gelacht wurde.

Nach den Pfingstferien begann am achten Juni wieder der Schulunterricht. Gleich am nächsten Tag schrieben wir eine Englischarbeit. Nachmittags hatte ich Klavierstunde und danach ging ich zur Sechsuhrvorstellung ins Kino. Den Film »Die letzte Nacht« mit Sybille Schmitz fand ich »wunderbar!«

19. Juni, Brief an Erich: »[…] Wir haben jetzt bloß noch 2 Tage Penne, 1 Tag schulfrei und dann … Amrum ahoi! Bis zum 2. Juli bleiben wir da und kriegen sogar eine Springflut (am 26.6.) mit! Unser Quartier ist die Jugendherberge Wittdün. Am meisten freu ich mich auf die 4-stündige Überfahrt. Um Geld zu sparen, fahren wir nämlich von Husum bis Amrum mit einem Motorboot. […] Gestern hatten wir wieder ein Fest vom MK. Es war äußerst lässig, außerdem hatten wir die Platten (Joe Wick und Jug [Duke] Ellington usw.). Als wir nach Hause

gingen, sangen die Vögel schon. – Unser Klassenfest am vorigen Sonnabend war äußerst ertragreich, 100 DM Reingewinn (für die Amrum-Reise als Zuschuss)!« – [Ruth, Margrit und ich hatten den Schlager »O la la…« dreistimmig nach Klaviernoten eingeübt und auf dem Fest a capella vorgetragen, woran ich mich heute allerdings absolut nicht mehr erinnere! Doch ich hatte es im Kalender notiert und dann muss es wohl so gewesen sein. Da wir in unserer Schule gefeiert hatten, trafen wir uns dort am Sonntagvormittag auch zum Aufräumen.] – Weiter im Brief: »Dienstag machen wir vom MK ein Sonnwendfeuer mit Rübergehopse und so. […]«

Das Springen übers Feuer in der Mittsommernacht fand ich albern. Cherry wollte unbedingt mit mir zusammen springen, was ich aber ablehnte. Ich war mir nämlich nicht sicher, ob dies nicht eventuell etwas für uns als Paar bedeutete. Und so sprang ich lieber allein.

Am nächsten Tag war schulfrei. Notiert hatte ich »Chorfesttag«.

Sogar aus Wittdün hatte ich an Erich geschrieben, und zwar am 24. Juni: »[…] Gestern sind wir hier angekommen. Die Fahrt mit einem etwas größeren Motorboot war prächtig, insbesondere der 2. Steuermann. Zuerst lagen wir auf dem Kajütendach, während er Quetsche spielte, später klappten wir die Bänke des Oberdecks runter und tanzten daselbst vorzüglich. Einmal liefen die Pauker ganz entsetzt auf dem Boot herum und konnten uns nirgends entdecken. Wir flegelten uns in the meantime in Alfreds Koje, wo er uns prächtig unterhielt. Wir verabredeten uns natürlich sofort für ein Bordfest ›in allen Räumen‹. Hoffentlich macht uns das Wetter keinen —— dadurch. Augenblicklich ist es prächtig. Wir sind den ganzen Tag draußen. Heute morgen sind wir eine Stunde durch die Dünen gewandert (vielmehr zum Teil gelaufen, gekullert oder auf dem Bauch gerutscht, aber prächtig, prächtig, wir kennen ja nix) und sind dann 157 Stufen im Leuchtturm raufgeklettert, um von oben runter zu spucken und die Windrichtung festzustellen. Gebadet (bei 15 °C!) haben wir natürlich auch schon jede Menge. Das Wasser ist hier ja glashart und hypersalzig. – Vorhin haben wir die ganzen Geschäfte im Dorf abgeklappert. Wir kauften uns:

1 Stück Kuchen mit Schlagsahne – 0,30 –, 1 Glas Buttermilch – 0,10 –, 1 Tüte Kekse – 0,35 –, Eis – 0,55. Prächtig, nicht? Und so leben wir alle Tage. Wir tragen jetzt alle eine Olympiarolle (frag Ille, was das ist!). Morgen wollen wir ins Kurhaus. Von einem Wanderkino wird ›Madonna der sieben Monde‹ gespielt, den Film sehe ich übrigens zum 3. Mal. So, jetzt muss ich aufhören, um 22.00 Uhr ist nämlich Zapfenstreich – das denkt der Laie. Jedenfalls müssen wir dann in unserer Koje liegen. Ich wollte, Du könntest das hier auch alles erleben! Es ist wunderbar! […]«

Am nächsten Tag spazierten wir mit Lehrer Dr. Peetz nach Steenodde. Abends schlichen wir uns nach dem Zapfenstreich noch mal raus zu einer Dünen-Erkundung. »Wir«, das war eine kleine Gruppe von acht bis zehn Mädchen. Die anderen aus der Klasse wollten bei diesen Aktionen lieber nicht mitmachen.

Der 26. war ein Sonntag. Morgens gingen wir alle nach Nebel zum Gottesdienst in der kleinen Kirche. Nach dem Abendbrot veranstalteten wir in der Jugendherberge einen

»Singe-Abend«. Montag fuhren wir mit dem Bus nach Norddorf, wo wir am weitläufigen Strand badeten. Zu Fuß wanderten wir später in drei Stunden über den Kniepsand zurück nach Wittdün. Für die meisten von uns war dies die erste Ferienreise ihres Lebens, und wir alle waren rundum glücklich!

28. Juni: »Brief von Erich und von Cherry, mit der ›Ambrosia‹ nach Hooge. <u>Das</u> Wetter! Tanzabend«, notierte ich. Da wir in der Jugendherberge nur Mädchen waren, tanzten wir miteinander. Übrigens war es durchaus nicht ungewöhnlich, wenn auf Veranstaltungen Frauen miteinander tanzten. Denn nach 1945 herrschte ein erheblicher Frauenüberschuss – viele Männer waren im Krieg gefallen, vor allem diejenigen ab Jahrgang 1920.

Schon wieder schrieb ich an Erich, und zwar am 30. Juni »[…] Heute haben wir den ganzen Tag gefaulenzt, es ist <u>das</u> Wetter! Wir singen hier andauernd so'ne ollen Schlager: ›Schade, gestern wollt'st du süße Schokolade‹, ›Ich freu mich schon auf Donnerstag‹ usw. […] Übermorgen fahren wir schon wieder nach Hause. Schade, es ist hier so wunderbar! Heute hab' ich

4 Stunden am Strand gelegen, ganz allein. Die anderen sind zur Hallig Oland gefahren (studienhalber). Ich durfte nicht mit, mein Lehrer steckte mich heute kurz entschlossen ins Bett, da ich gestern den ganzen Tag das Essen verschmäht hatte und ›so blaß‹ war. Der sollte mich jetzt mal sehen! Gestern vormittag waren wir in Nebel (das ist ein Dorf auf Amrum) und haben Fischerhäuser gezeichnet und olle Grabsteine (›Neben diesem Steine modern die Gebeine des ehrenhaften und wohlerfahrenen Schippers Willem Claasen‹ usw.). […] Vorgestern liefen wir mehr als 5 km übers Watt von Hallig Hooge nach Norderoog (Vogelinsel). Den Weg, für den man gewöhnlich 1¼ Std. braucht, schafften wir in 40 Minuten. Leistung, nicht? Hätten wir allerdings 75 Min. gebraucht, wären wir nicht mehr heil rübergekommen.

So, jetzt hab ich Tischdienst und folglich keine Zeit mehr. […]«

»Wollten nach Wyk auf Föhr. Ambrosia kam nicht«, vermerkte ich am ersten Juli. »Abends heimlich nach Kniepsand. Gebadet (netto ohne Verpackung) Windig. Lehrerin die Türklinke eingeschmiert.« [mit Seife].

Amrum: Gerda, 2. v. li., hinten, mit Freundinnen

Ich erinnere mich an das »Netto-Baden«. Weit und breit war niemand zu sehen gewesen, und so riskierten wir zu baden. Und zwar nackt, denn Badeanzüge hatten wir nicht mitgenommen. Bei dem starken Wind musste allerdings eine von uns am Strand bleiben, um die Kleidung festzuhalten. Es herrschte eine herrliche Brandung, voller Übermut warfen wir uns in die gewaltigen Brecher. Da wir auch keine Handtücher mitgehabt hatten, ließen wir uns vom Wind trocknen, bevor wir wieder in unsere Kleider schlüpften. Unbemerkt konnten wir uns danach zurück in die Jugendherberge schleichen. »Netto ohne Verpackung« blieb unter uns einige Zeit eine Art Geheim-Code.

Brief an Erich, »4. Juli: […] Ach so, ich wollte Dir ja noch von unserer Fahrt Wittdün – Kiel erzählen. Also, bei Windstärke 7 fuhren wir mit dem Motorboot los + saßen nach einer Stunde schon auf Grund. Nach 45 Minuten eifrigen Manövrierens schwammen wir jedoch wieder auf + sichteten bald die ersten Seehunde. Außer diversen seekranken Leutchen kamen wir gut in Husum nach sechsstündiger Fahrt an. Drei Stunden waren wir noch bis Kiel unterwegs und ließen uns daselbst ob unserer Bräune bewundern. […]«

In Kiel war schon wieder Jahrmarkt. Unser Aufenthalt auf Amrum hatte bewirkt, dass wir und die Mädchen der ehemaligen Parallelklasse jetzt tatsächlich *eine* Klasse wurden. Spontan beschlossen wir sogar einen gemeinsamen Jahrmarktbesuch. Unerwartet traf ich dort Cherry, der sich sichtlich freute, mich schon so bald wiederzusehen. Natürlich kommentierten meine Mitschülerinnen später sein Aussehen und Auftreten – offenbar beneideten sie mich. Ich selbst schwankte in meinen Gefühlen für ihn. Sicher war ich mir nur, dass ich ihn später nicht heiraten würde. Er schien aber wohl davon auszugehen, dass wir für immer zusammenbleiben würden.

Lore war in diesen Tagen schon achtzehn geworden. Wir feierten bei ihr zu Hause. »Sehr nett«, lautete mein Kommentar. Lores Tante hatte Karten gelegt, auch mir. Notiert hatte ich daraufhin: »Erich wird mein Mann!«

Der Alltag mit Schule und Nachhilfestunden war wieder in vollem Gang. Und natürlich zog unser Aufenthalt auf Amrum einen Klassenaufsatz nach sich. Wir hatten dafür vier oder fünf Stunden Zeit. Das Beste daran war, so meinte ich, dass deshalb die anderen Stunden ausfielen.

Unter dem neunten Juli notierte ich nur »Eddy«. Gemeint war Fritz' amerikanischer Freund Eddy Bohnsack. Sie hatten einander kennengelernt, als Fritz 1944 (bis 1946) amerikanischer Kriegsgefangener in einem Camp im Staat Illinois war. Er arbeitete dort auf einem Airport der US-Airforce im Officer's Club und war vom Tellerwäscher bis zum Kaffee-Kellner avanciert. Eddy jobbte ebenfalls im Club. Er hatte einen Urgroßvater, der seinerzeit aus Deutschland eingewandert war.

An Erich schrieb ich: »[…] Seit Sonnabend ist bei uns übrigens ausländischer Besuch. Fritzis amerikanischer Freund aus Philadelphia/ Pennsylvania bleibt für 30 Tage hier. Er spricht gut Deutsch + hat heute Geburtstag + ist 1,90 m groß + seine Schokolade schmeckt gut + er hat 'ne Brille + ist auch sonst o.k. […]«

In dieser Woche fand mit dem Musikkreis ein »Singe-Abend vor der Oberstufe der Hebbel-Schule« statt. Was es damit auf sich hatte, weiß ich heute nicht mehr. Vielleicht war es eine Werbung um neue Chor-Mitglieder gewesen. In unregelmäßigen Abständen gaben wir auch halb private Konzerte, zu denen unsere Eltern und Freunde eingeladen waren.

Brief an Erich vom »11. Juli 1949, 23.30 Uhr […] Ich schreib in der Koje. Wir haben eben ›Doctor Faustus‹ by Christopher Marlowe gesehen. Es wurde von einer <u>echten</u> englischen Studentenbühne gespielt und war natürlich entsprechend genuschelt. Gottseidank, daß ich das Stück vorher schon gelesen hatte, sonst wäre es nämlich nicht die Masse gewesen. […] Oh, ich bin heut so glücklich: eine 1 im Klassen-Aufsatz ›Dünen – Stimmungsbild‹! […] Heute haben wir in der Klasse einen Schülerrat gewählt. Er besteht aus 4 Weiblein, die sämtliche in der Klasse vorhandenen Meinungen vertreten. Das ist also: 1. Konservativ (Ruth), 2. Zentrum, (Ilse), 3. Mittelding zwischen Zentrum + Fortschritt (Margrit), 4. Gesteigert fortschrittlich (ich). […]«

Die Sommerferien begannen am 13. Juli. Beim wöchentlichen Chorsingen fehlte Cherry. Er war mit einem Freund unterwegs auf einer längeren Radtour. Deshalb brachte diesmal Klaus, der Segler, mich nach Hause. Und zwar als Sozia auf seinem Motorrad. Als ich ihn fragte, ob dies für ihn nicht vielleicht etwas ungewohnt sei, sagte er: »Nee, das ist für mich nicht anders, als wenn ich einen Kartoffelsack hinten drauf hätte!« Anna wollte sich kaputtlachen, als ich ihr davon erzählte.

Trotz der Ferien musste ich zu Herrn Strobels Latein-Nachhilfe. Wie immer, fuhr ich mit dem Fahrrad dorthin. Diesmal rief mir in der Holtenauer Straße ein Mann hinterher: »Hallo, Fräulein!« Natürlich reagierte ich nicht darauf. Doch das war ein Fehler, denn der Rufer war ein Polizist: Ich hatte den Radweg in falscher Richtung befahren! Es wurden meine Personalien aufgenommen mit der Aufforderung, innerhalb einer Woche auf dem 4. Revier zu erscheinen. Hierzu schrieb ich an Erich: »[…] Neulich bekam ich eine Einladung vom 4. Polizeirevier. Die Leute im Geschäftszimmer freuten sich anscheinend, daß mal jemand kam, und so kriegte ich nur eine Verwarnung. Mußte aber trotzdem 5 DM bezahlen! […] «.

Für die Schule zu arbeiten, hatte ich selten Lust. Doch außerhalb des mir langweilig erscheinenden Unterrichts interessierte ich mich für alles Mögliche. Wie zum Beispiel laut Kalender-

Notiz für einen »Vortrag von Dr. Walther von Hollander über Weltbürgertum«. Ich hatte ihn im Radio angehört und »sehr geistreich!« gefunden.

Am 15. Juli fanden auf dem Kieler Ostufer wieder Sprengungen statt, den Lärm hörte man in der ganzen Stadt. Jetzt handelte es sich um die Helligen I, II und III auf den Deutschen Werken in Gaarden.

Um außer den immer noch rationierten Lebensmitteln zusätzlich etwas zu essen zu haben, hielten sich sogar Etagenhausbewohner Kaninchen oder Hühner. Es wurde erzählt, Leute hätten sogar ein Schwein auf ihrem Balkon! Und so wunderten wir uns nicht über diese Zeitungsnotiz: »Die Kieler Werkswohnungen ergreifen Maßnahmen gegen notzeitbedingte Mißstände in der Tierhaltung, u. a. gegen das Grasen von Ziegen auf Dächern und das Halten von Schweinen in Kellern.«

Ich hatte mir selbst beigebracht, auf Mutters Maschine zu nähen. Es war eine SINGER-

Trittnähmaschine; sie stand im Esszimmer vor dem Fenster zum Garten. »Bluse genäht«, vermerkte ich unter dem 16. Juli. Es war eine ärmellose Sommerbluse, denn Ärmel einzusetzen fand ich noch etwas schwierig.

Im Handarbeitsunterricht nahmen wir gerade das Thema »Hohlsaum-Stickerei« durch. Dafür verzierte ich einen Sommerrock aus beigem Halbleinen, den ich selbst genäht hatte, mit einer 15 cm breiten Hohlsaumborte. Darin brachte ich mit Stickgarn in verschiedenen Farben alle gelernten Hohlsaum-Ziersticke unter. Doch es war eine schrecklich stumpfsinnige Arbeit, mit der Hand die unzähligen feinen Stiche rund um den weiten unteren Teil des Rocks auszuführen! Den Rock habe ich dann viele Jahre getragen.

An einem warmen Juli-Sonntag hatten Mutter und Vater Herrn und Frau Röhl und Frau Hamann zum Kaffee eingeladen. Fritz und Eddy waren auch dabei (Anna war gerade zu einem mehrwöchigen Studien-Aufenthalt in der Schweiz). Wir saßen im Garten unterm Kirschbaum bei Kaffee und Kuchen. Eddy hatte bereits vor seiner Anreise CARE-Pakete mit

»echtem Bohnenkaffee« und anderen nahrhaften Dingen geschickt.

Fritz wurde allerdings bald die ständige »Betreuung« seines amerikanischen Freundes etwas zu viel – Mutter, Vater und auch ich sprangen ein. Ich fand den Besuch eines »echten« Amerikaners interessant. Und deshalb war es selbst in den Ferien nicht schlimm, einmal schon morgens um halb neun bei Herrn Strobel antanzen zu müssen. Denn anschließend wollten wir vier mit dem Dampfer nach Falckenstein fahren – Eddy sollte doch mal unser Strandleben kennenlernen! Bestimmt hatte ich dort auch gebadet. Ob die Erwachsenen ebenfalls ins Wasser gegangen waren, weiß ich nicht mehr. Vorstellen kann ich es mir von Vater und Mutter jedenfalls nicht.

Zwar waren Sommerferien, doch nicht nur meine Nachhilfestunden, sondern auch die MK-Übungsabende liefen weiter. Dies entnehme ich meinen damaligen Notizen.

Unter dem 20. Juli steht im Kalender: »Mit Eltern und Eddy mit der Kleinbahn nach Löhndorf. Wunderbar!«

Von diesem Ausflug berichtete ich Erich im

nächsten Brief: »[…] In der letzten Woche war ich viel mit meinen Eltern und Eddy unterwegs. Mittwoch fuhren wir z. B. zu dem großen Gut in der Gegend von Preetz. Der Tag war direkt ein Erlebnis für mich. Es ging dort alles sehr förmlich zu: ›Gnädige Frau‹ usw. und nach jeder Mahlzeit einen ›wänzigen‹ Kognak (nicht für mich). Mein Vater kannte die Leute schon, da er dort früher mal Hauslehrer gewesen war. Der Gutsherr ist ein passionierter Sammler von alten Truhen, Schränken, von Porzellan und Kognakgläsern und -bechern. Er besitzt z. B. Original-Maßkrüge vom Tabakskollegium Friedrich des Großen (keine Angst, wir haben nicht daraus getrunken). Originalstiche niederländischer Meister hatte er auch in Massen; und die eine der beiden einzigen originalgroßen Kopien der Sixtinischen Madonna. Soll ich dir auch noch berichten, daß die Sattelschweine die rentabelsten sind, obwohl die Schlappohrschweine noch besser sind, jedoch zweimal Weihnachten feiern müssen, usw.? Jedenfalls war die Schäferhündin äußerst rassig mit 48 eingetragenen Vorfahren + hat die Polizeihundeprüfung mit ›sehr gut‹ bestanden, ihr Vater klärte im letzten Jahr drei Raubüberfälle auf. Gewaltig, nicht? Die Besitzungen des Gutes waren auch lässig. U. a. drei Wälder, ein See und die Quelle der Eider. […]«.

Ob ich damals allerdings alles richtig behalten und berichtet hatte, lasse ich hier offen …

Heini hatte sich mal wieder bei uns sehen lassen. Er erwähnte, er sei inzwischen an der Uni nur noch Gasthörer, da seine Eltern die Studiengebühren nicht mehr aufbringen konnten. Dies war vor der Währungsreform einfacher gewesen, denn Gebühren und Ähnliches konnten mit der ansonsten wertlosen Reichsmark beglichen werden (oder mit dem Erlös geschmuggelter amerikanischer Zigaretten auf dem Schwarzen Markt). Auch seine Bude hatte er aufgegeben, denn er lebte wieder zu Hause in Flensburg, nach Kiel fuhr er nur zu wichtigen Vorlesungen oder Seminaren.

In dieser Woche ging ich am Freitagabend nach Hassee, wo in der Pädagogischen Hochschule eine »Hausmusik« stattfand. Es wurde die Kinder-Oper von Paul Hindemith »Wir bauen eine Stadt« aufgeführt, in der tatsächlich nur Kinder auftraten, sangen und musizierten. Ich fand es unglaublich, dass zehnjährige Grundschüler diese neuen Klänge so sicher singen und dazu ganz unbefangen agieren konnten! PH-Studenten hatten mit ihnen das Stück einstudiert. Mein Kommentar dazu im Taschenbuch lautete dann auch »Prima!«.

»Mit Eddy und Eltern per Bus in Selent. [Fürsorgeheim für Mädchen]. Sehr nett.« Vermutlich fiel die Aufsicht über dieses Heim in Vaters Arbeitsbereich im Ministerium, und so hatte er wohl Dienstliches mit Privatem verbunden. Außerdem war er bestimmt bestrebt, unserem amerikanischen Gast während seines Deutschlandaufenthalts vielfältige Eindrücke zu vermitteln. Meinen Kommentar »sehr nett« kann ich mir heute allerdings nicht mehr erklären. Denn im Heim lebten doch in irgendeiner Weise »aufgefallene« Mädchen, die mir eigentlich hätten leidtun müssen.

»Ganz nett«, kommentierte ich den neuen Film »Die Andere«, den ich am nächsten Tag im Kino sah.

Bei schönem Sommerwetter fuhr ich auch mal wieder nach Falckenstein. Dazu schrieb ich an Erich: »[…] Letzten Sonntag fuhr ich ganz allein per Rad nach Falckenstein. Als ich kaum im Gewimmel untergetaucht war, erspähten mich gleich zwei Bekannte vom KKK (Kieler Kanu Klub), die mich zu ihrem Zeltplatz lotsten. Bei den Leuten ging es äußerst lebhaft zu. Sie fingen gleich an zu jazzen (1 Wimmerschinken [Gitarre], 1 Akkordeon, 1 Saxofon). Allerdings fielen sie mir langsam auf meine sowieso schon angegriffenen Nerven und ich traf Gottseidank ganz zufällig Elke aus Kronshagen, mit der ich dann abends auch nach Hause fuhr. […]

So, ich hab jetzt keine Zeit mehr, weil ich ins Kino will. ›Arzt und Dämon‹ (Dr. Jekill + Mr. Hyde) – ›ein Film für starke Nerven‹, steht in der Zeitung. […]«

Am letzten Julitag trafen wir MK-Leute uns schon morgens um halbsieben am »Eichhof«, um per Rad nach Borgwedel an der Schlei zum Zelten zu fahren. Doch es regnete und regnete und hörte nicht auf! Nach drei Tagen Regen siedelten wir Mädchen zum Übernachten in die Jugendherberge um. Wir waren bis auf die Haut nass geworden und hatten kein einziges trockenes Kleidungsstück mehr! Die Jungs hielten tapfer in ihren Zelten durch bis zum vereinbarten Rückfahrtermin am siebenten August. Anna und ich fuhren jedoch schon einen Tag früher nach Hause. Wir hatten erstmal genug vom Zelten, außerdem war »Cherry blöd!!!«, wie ich im Taschenkalender vermerkt hatte.

Anfang August verabschiedete sich Eddy, und bei uns begann wieder der normale Alltag. Während der letzten Ferientage war ich im Kino und sah »Hallo Fräulein« mit Hans Söhnker und der Schlager-Sängerin Margot Hielscher. Dazu mein Kommentar: »Prima!« Außerdem fuhr ich noch einmal mit Elke nach Falckenstein an den Strand und hörte an einem Abend ein Konzert des Schütz-Chores. Letzteres fand ich wieder nur »ganz nett«.

Anna hatte wieder einen festen Freund. Klaus war ein paar Monate jünger als sie und ebenfalls Lehrer. Mutter hatte ihn an einem Sonnabend zum Kaffee bei uns eingeladen, denn Anna hatte erklärt, mit ihm sei es etwas Ernstes. Er war ein hübscher blonder Mann, der gern lachte und überhaupt nicht befangen wirkte bei uns, den für ihn doch fremden Leuten. Ich fand ihn nett, und auch Mutter und Vater waren mit Annas Wahl einverstanden. Obwohl er doch ein Flüchtling aus Ostpreußen war und man nichts über ihn und seine Familie wusste!

Sonntag, 14. August, radelten Cherry und ich gleich nach dem Mittagessen zum Baden nach Schilksee. Wir hatten einen menschenleeren Platz unterhalb der Steilküste in Richtung Strande gefunden. Eigentlich hätten wir hier sogar »Netto ohne Verpackung« schwimmen können. Doch mich so vor Cherry zu zeigen, war undenkbar!

An diesem 14. August fand die erste Bundestagswahl statt. »CDU Mehrheit [auch] in Schleswig-Holstein«, hatte ich notiert. Vater jammerte beim Abendbrot, nun würde ein neuer Minister vermutlich alles wieder umkrempeln. Er meinte damit auch die von der SPD-Landesregierung eingeführte Schulreform mit sechsjähriger Grundschule. Vater hatte dafür mit zahlreichen Artikeln und Vorträgen geworben.

Nach den Sommerferien begann am 16. August wieder der Schulunterricht.

Eines Sonntags war unsere ganze Familie bei Röhls zu Gast. Ich war gern in der Esmarchstraße, wo ich in der Atelier-Wohnung manchmal auch Neues entdeckte. Den Gesprächen der Erwachsenen hörte ich aufmerksam zu, beteiligte mich aber natürlich nicht daran oder nur, wenn ich dazu aufgefordert wurde.

Immer noch gab es viele Veranstaltungen zum Goethe-Jahr, und so auch eine in der Pädagogischen Hochschule. Anna und ich gingen am 26. August zur Diesterwegstraße, wo PH-Studenten aus »Faust, erster Teil«, rezitierten. Wir hatten also mal wieder »was für unsere Bildung getan«. Dies am nächsten Tag aber auch für unsere Muskeln, als wir beide eine lange Radtour durch Wald und Flur der weiteren Umgebung unternahmen.

Am ersten September sah ich in einer Theateraufführung den »Urfaust«, mein Kommentar: »Sehr gut.« Einen Tag später fand in unserer Schule eine Goethe-Feier statt, der Unterricht fiel deshalb aus. Die Hebbel-Schule veranstaltete ebenfalls eine Goethe-Feier. Da Cherry dabei mitwirkte, ging ich natürlich hin. Auch hier war mein Kommentar: »Sehr gut«.

Sonnabend, den dritten September, fuhr unsere Familie einschließlich Tante Hanna mit dem Zug nach Flensburg, denn am nächsten Tag sollte der 80. Geburtstag von Opa Fritz (Vaters Vater) gefeiert werden, und zwar in der kleinen Wohnung am Südergraben von Onkel Ernst und Tante Marianne Beier (Vaters Schwester). Wir Geschwister freuten uns, auch die Cousinen und Cousins einmal wiederzusehen. Das waren die »Flensburger« Hannele (Johanna), Ulli (Ulrich). Gerd (Gerhard) Beier und die »Hamburger« Lieschen (Luise) und Hann-Friedrich (Johann-Friedrich) Ohrtmann (Kinder von Tante Mary und Vaters Bruder Martin).

Die Feier war offenbar »Sehr schön!« gewesen, denn so hatte ich sie kommentiert. Auf dem Weg vom Flensburger Bahnhof zum Südergraben hatten wir zufällig Heini getroffen, der sofort Grüße und Glückwünsche an Opa bestellte. »In Flensburg kennt man sich untereinander«, sagte Mutter. Das sei hier einfach so. Auch, dass man auf dem Holm oder in der Großen Straße immer irgendwelche Bekannten treffe. Sie und Vater waren in der Stadt geboren und aufgewachsen.

Opa Fritz lebte nach Omas Mies (Marie) Tod (1938) im Altersheim »Kloster zum Heiligen Geist«. Dort holten wir ihn zur Feier auch ab. Es war ein kaltes, düsteres und armselig wirkendes Gebäude. Opa redete nie viel, so auch heute nicht. Aber ich merkte, dass er sich freute.

Er hatte ein schweres Leben gehabt. Schon als Zehnjährigen hatten seine Stiefeltern ihn im Sommerhalbjahr als Hütejungen an Bauern vermietet, weshalb er nur im Winter die Schule besuchen konnte. Später arbeitete Opa in einem Steinbruch. Manchmal, wenn ihm dabei schöne oder bizarr geformte Steine aufgefallen waren, nahm er sie mit nach Hause. Mit Hilfe von Zement baute er daraus kleine und auch größere Kunstwerke. Er nannte sie »Grotten«. Ich erinnere mich, dass früher in unserem engen gemeinsamen Kinderschlafzimmer solch ein Gebilde auf der Fensterbank gestanden hatte.

Obwohl Opa erst in der Schule hochdeutsch zu sprechen gelernt hatte – seine Muttersprache war Plattdeutsch gewesen – besaß er später einen großen hochdeutschen Wortschatz. Dies zeigt ein Gedicht über seine Heimatstadt Flensburg (s. Anhang S. 219 ff.). Es war seinerzeit sogar in der Flensburger Norddeutschen Zeitung abgedruckt worden.

Opa Fritz 1869 – 1952)
Bleistiftzeichnung (1947) von Bernhard Schultze[5]
Schultze war bei Kriegsende in Flensburg gestrandet. Für die Zeichnung im Auftrag von Tante Marianne erhielt er vermutlich kein Geld, sondern Essbares (»Kunst für Brot«).

---

[5] Bernhard (später: Bernard) Schultze, 1915 – 2005, Maler, Vertreter der Kunstrichtung Informel

Erst morgens um halb zehn waren wir am Montag zurück in Kiel. Mir ging es nicht gut, zu Hause musste ich sofort ins Bett. Als ich wieder aufstehen durfte, kam Cherry zu Besuch. Ich spielte ihm etwas auf dem Klavier vor, was ich sogar im Kalender vermerkt hatte. Und Ruth brachte mir die Schularbeiten. Dazu gehörte auch ein Hausaufsatz über Plattdeutsch.

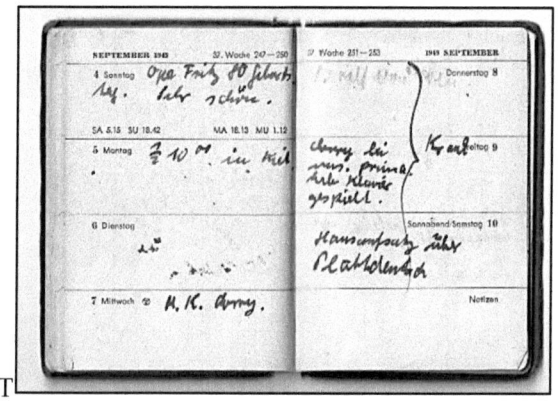

Taschenkalender: 4. – 10. September 1949

Nach einer Woche war ich wieder gesund. In der Schule ging es weiter mit Klassenarbeiten, zunächst in Englisch und Mathe.

An einem Sonntagnachmittag nahm Vater

mich mit nach Preetz, wo Amtsrichter Mannzen[6] wohnte – übrigens nannte Vater dessen Namen nie ohne den Titel. Wir fuhren mit dem Zug hin. Mannzen gehörte der »Gruppe 47« an, und zwar als Kritiker und Gast. Ich vermute, dass Vater ihn damals als Mentor für Fritz und seine literarischen Ambitionen gewinnen wollte. Die Gruppe 47 mit aufstrebenden jungen Schriftstellern galt als richtungweisend in der damaligen Literaturszene. Mein Kommentar über den Besuch war: »Ganz nett.«

Am 21. September wurde die Militärregierung der Westmächte durch das Besatzungsstatut ersetzt und die Militärgouverneure der Besatzungszonen durch Hochkommissare abgelöst. Zwar konnte die Bundesregierung über innere Angelegenheiten bestimmen, nicht aber über äußere. Eine Ausnahme war die Genehmigung von Auslandsreisen ihrer Bürger.

In dieser Woche sah ich im Neuen Stadttheater

---

[6] Almanach der Gruppe 47, Herausgegeben von Hans-Werner Richter und Walter Mannzen, Rowohlt 1962

Lortzings komische Oper »Zar und Zimmermann«, doch am nächsten Tag war ich wieder krank und konnte nicht zur MK-Chorprobe. Da aber für Sonnabend meine Schulfreundin Margrit einige Mädchen aus unserer Klasse und »passende« Jungs zu einem Hausball eingeladen hatte, wurde ich natürlich rechtzeitig gesund. Ich ging mit Cherry hin. Nach meiner Erinnerung war das große Wohnzimmer in der Wilhelmshavener Straße fast gänzlich leergeräumt worden. Dort tanzten wir auf gepflegtem Parkett nach Musik vom Koffer-Grammophon, das alle naslang mit einer Kurbel aufgezogen werden musste. Zu trinken gab es Bowle und zu essen belegte Brote. Margrits Eltern sahen wir nur zu Beginn und am Schluss.

Im Kino war ich auch schon wieder: »Lord Nelsons letzte Liebe« mit Vivien Leigh und Laurence Olivier. Trotz der prominenten Schauspieler war ich laut meinem notierten Kommentar nicht sonderlich begeistert.

Vielleicht lag dies auch daran, dass für mich große Veränderungen bevorstanden. Mutter und Vater hatten nämlich endlich nachgegeben und mir erlaubt, nun doch schon vor dem

Abitur von der Schule abzugehen. Und zwar nach dem ersten Halbjahr in der Obersekunda.

Bereits Ende September ging ich zu dem in Kiel sehr bekannten Organisten Maibaum. Ich hatte ihn vorher angerufen, denn ich wollte mich bei ihm über die Ausbildung zur Organistin informieren. Er empfing mich in seiner Wohnung, und ich musste ihm etwas auf dem Klavier vorspielen. Danach machte er mir klar, dass ich wohl noch viel zu üben haben würde, falls ich bei meinem Wunsch bliebe, ab Frühjahr nächsten Jahres auf die erst dann eröffnende Norddeutsche Orgelschule in Lübeck zu gehen.

Ich stellte mich auch in einer Buchhandlung vor. Dort wurde mir gesagt, einen Ausbildungsplatz als Buchhändlerin zu bekommen, sei fürs nächste Jahr bereits gelaufen und für 1951 bei den vielen Bewerbern schon jetzt praktisch aussichtslos. Ein Vorstellungsgespräch im Institut für Weltwirtschaft verlief ähnlich. Vater hatte mich zu einem Prüfungstermin für die Inspektoren-Laufbahn in der Landesregierung angemeldet. Da saß ich dann mit einer ganzen Schar anderer junger Leute in einem Saal und versuchte, die Prüfungsaufgaben zu lösen.

Danach hörte ich nichts mehr von der Behörde. Offenbar war ich durchgefallen.

»Singen im Legien-Saal«, heißt meine Notiz vom 28. September. Die britischen Besatzer hatten inzwischen das beschlagnahmte Gewerkschaftshaus, das von ihnen in »Empire House« umbenannt worden war, wieder zurückgegeben. Vermutlich traten wir zusammen mit anderen Chören dort auf, denn der Legien-Saal wäre zu groß gewesen für ein Konzert unseres eher privaten Musikkreises.

Am letzten Schultag vor den Herbstferien verabschiedete ich mich von meinen Mitschülerinnen, wobei mich nun doch etwas Wehmut überfiel. Aber am nächsten Abend tanzte ich in bester Stimmung auf dem Primenfest der Hebbel-Schule, das laut meiner Kalendernotiz »einzig!« gewesen sein muss.

Mein Abgangszeugnis (s. Anhang S. 221) trägt das Datum 13. Oktober 1949. In Deutsch, Geschichte, Musik, Handarbeit, Kunsterziehung hatte ich jeweils eine 2 (gut), in Mathe eine 4 (mangelhaft), in allen anderen Fächern – sogar in Latein! – eine 3 (genügend).

Eines Abends Anfang Oktober pfiff Cherry mich nicht wie üblich raus, sondern klingelte an der Haustür. Er war gerade zwanzig geworden, und für ihn war offenbar die Zeit des Pfeifens vor unserem Haus vorbei. Ich hatte ihm von Fritz' Gedichten erzählt, von denen er sich nun eines abschreiben wollte. Mutter hatte ihn ins Wohnzimmer gelotst, wo Vater ihn gleich in ein Gespräch verwickelte. Vater äußerte sich später recht anerkennend über »diesen klugen, sympathischen jungen Mann«. Er ahnte nicht, dass es sich bei ihm um meinen Freund handelte. Denn der Einfachheit halber hatte ich ihn Vater nur als »ein MK-Mitglied« vorgestellt.

In einem Sinfoniekonzert war ich auch schon wieder, hatte aber nicht notiert, was gespielt wurde oder wie es gewesen war.

Am achten Oktober feierten wir mit dem MK ein »Laternenfest«. Ohne Cherry, denn als PSV-Handballer wollte er lieber am gleichzeitig stattfindende Polizeifest im »Eichhof« teilnehmen.

Nach dem MK-Fest ging auch ich zum »Eichhof«. Dort war Cherry jedoch mit einer »älteren« Frau von schon über zwanzig beschäftigt und sichtlich unabkömmlich. Nach Hause brachte mich deshalb mein letzter Tänzer, ebenfalls ein PSV-Handballer. »Blöde!« lautete danach meine Kalendernotiz, denn zu allem Verdruss über Cherry hatte dieser Helmut auch noch »meinen Regenschirm verbogen!«

Mein doppelt unterstrichener Vermerk im Kalender am nächsten Tag lautet: »Mit Cherry aus – restlos!!!« Das Ende unserer Freundschaft passte mir eigentlich ganz gut, denn ich plante ja, für ein Jahr ins Ausland zu gehen. Vater hatte schon brieflich bei einer schwedischen Friedensfreundin in Stockholm angefragt, ob sie dort vielleicht eine Stelle für mich als Hausgehilfin finden könne. Ihre Antwort fiel jedoch negativ aus.

Um die Zeit bis zu meinem erhofften Auslandsjahr zu überbrücken, kam ich auf die Idee, einen hauswirtschaftlichen Kursus zu absolvieren. Der würde mir dann auch im Ausland zugutekommen. Meine Freundin Ruth hatte sich schon für einen halbjährigen Hauswirtschaftslehrgang an der Frauenfachschule angemeldet. Dank Vaters Verbindungen erhielt nun auch ich dort einen Platz, obwohl der Lehrgang bereits in wenigen Tagen, und zwar am 14. Oktober beginnen würde.

Die »Städtische Bildungsanstalt für Frauenberufe« unter Leitung von Frau Hecht – eine tüchtige Person, wie Vater sagte – befand sich in der Wik, Arkonastraße 1, einem ehemaligen Marine-Gebäude. Der Unterricht begann nach meiner Erinnerung um acht Uhr morgens und endete nachmittags um drei oder vier Uhr. Hin und zurück fuhr ich mit der Straßenbahn, wobei ich einmal umsteigen musste. Ich glaube, dass eine Linie bis zur Knorrstraße fuhr. Von dort war es dann nur noch ein kurzer Fußweg bis zur Schule.

Unsere Fächer waren hier: Betriebslehre, Buchführung, Gesundheitslehre, Nahrungsmittellehre, Hausarbeit, Kochen, Plätten, Nähen, Ausbessern, Turnen, Musik, Gartenbau, Ämter. In meinem Kurs gehörte ich zu den Jüngsten – Ruth war im Parallelkurs. Unter den Mitschülerinnen befanden sich einige Mädchen, die schon verlobt waren und sich auf ihre Tätigkeit als Hausfrau vorbereiten wollten oder sollten. Ich erinnere mich an eine Zwanzigjährige, die mit einem »Von- und-Zu« verlobt war, einem Gutsbesitzer. Vor der schon bald stattfindenden Hochzeit musste sie nun noch schnell alles lernen, was sie danach als Gutsherrin befähigen würde, ihr Personal anzuleiten und zu beaufsichtigen.

Die theoretischen Fächer fand ich interessant, denn sie waren auf die Praxis anwendbar. In den praktischen Fächern lernten wir unter anderem, wie man Herrenoberhemden bügelte. Sie waren damals noch nicht durchgeknöpft, sodass einwandfreies Plätten ziemlich kompliziert war, zumal es in den wenigsten Haushalten ein Bügelbrett gab. Zu Mutters Freude übte ich zu Hause an Vaters Oberhemden. Wenn man es einwandfrei erledigen wollte, brauchte man – auch mit Routine – zwanzig Minuten für ein Hemd! Übrigens war Bügeln damals nicht nur eine oft komplizierte, sondern immer eine recht anstrengende Arbeit, denn die Eisen wogen ca. 3 kg!

Im Fach Nähen mit der Maschine fertigten wir eine weiße Latzschürze mit zwei aufgesetzten Taschen an. Deren Schnitt war offenbar genormt, denn ich sah solch weiße Schürzen später manchmal bei Frauen in Haushalts- und

Pflegeberufen. Außerdem nähten wir einen Kopfkissenbezug, den wir auf der Oberseite mit einer glänzenden Borte verzierten. Dafür wurde als Oberfaden der Nähmaschine dickeres Glanzgarn genommen. Eine viereckige Tischdecke zu säumen und dabei die Ecken fachgerecht umzulegen, war schon etwas schwieriger. Wir lernten auch, aus Wollstoff und ohne Schnittvorlage einen schmalen Rock für uns zu nähen. Ich zeigte Anna, wie es ging, und sie nähte sich ebenfalls solch einen Rock.

Unbeliebt, aber wichtig war das Fach »Ausbessern«. Denn ganz allgemein war das Geld für Neues sehr knapp – mit jedem Pfennig wurde gerechnet! Die Löhne waren niedrig und die Preise hoch, vor allem die für Lebensmittel. Hinzu kam, dass nach dem Krieg natürlich ein enormer Bedarf an allen Gebrauchsgütern herrschte, die es erst jetzt teuer wieder zu kaufen gab. Geschicktes Ausbessern verschlissener Kleidungsstücke war daher eine wichtige Fertigkeit. Wir lernten, Risse zu vernähen und Löcher so zu stopfen, dass dies anschließend kaum mehr zu sehen war. Ich erinnere mich, dass wir einmal ein Loch in einem Geschirrtuch ausbessern sollten. Dafür wurde das Tuch etwas gekürzt, damit es Stoff für den Flicken gab. Es handelte sich hierbei um ein Tuch mit Würfelmuster. Den Flicken passend zum Stoffmuster und mit Zugabe der Säume so zu berechnen und dann einzufügen, dass die Flickarbeit nicht auffiel, war nicht einfach.

Im Fach »Ämter« klopften wir die Teppiche des Hausmeisters, fegten und wischten die langen Korridore des Gebäudes, reinigten Bürsten, Besen, Kämme und Kochplatten, wir polierten Möbel, putzten Silber, Fenster und anderes. Diese praktischen Arbeiten, wozu auch Kochen gehörte, fanden oft nachmittags statt. Vermutlich waren es nicht nur für mich ungewohnte und damit körperlich anstrengende Tätigkeiten. Doch wenn ich am späten Nachmittag nach Hause kam, hatte ich mich schon wieder erholt und konnte mich auf andere Aktivitäten stürzen. Wie zum Beispiel, einen Brief zu schreiben.

Brief an Erich vom 30.10. »[…] Wie schön, daß Du einen so netten Freund gefunden hast! Ich bin schon seit Jahren auf der Suche nach einer wirklichen Freundin, und ich glaubte manchmal, ich hätte tatsächlich eine gefunden,

z. B. Ellen oder Ilse. Ich weiß nicht, ob es an mir liegt, daß immer eine Wand zwischen uns bleibt, – ich glaube es fast, denn ich ziehe mich sofort zurück, wenn ich meine, ich hätte ihnen zu viel über mich und meine Gedanken gesagt, sei es aus Befangenheit oder Mißtrauen. Ich glaube, meine beste Freundin müßte mindestens 30 Jahre älter sein als ich und sich furchtbar viel mit Musik, Büchern, Kunstgeschichte und allen Problemen der Menschheit beschäftigen.

Einem Jungen oder Mann gegenüber kann ich paradoxerweise viel offener und ehrlicher sein, als einem Mädchen. Ich träume immer von einer Freundschaft mit einem Mann, ohne die sogenannte oder auch Liebe. Als ich Cherry kennenlernte, meinte ich, es könnte zwischen ihm und mir so etwas Ähnliches geben, aber es kam natürlich anders.

Deine Gefühle Peggie gegenüber kann ich nur zu gut verstehen. Aber ich glaube, Du nimmst alles viel zu tragisch. Du magst Peggie lieber als irgendein anderes Mädchen, und ist das eigentlich nicht schon sehr viel? Die wirklich große und rückhaltlose Liebe (wenn es sowas überhaupt gibt?), kommt doch sicher erst,

wenn man reifer und vernünftiger ist. […] –
Heute morgen ging ich zum 1. Mal zum Tischtennis. Gottseidank können die anderen (lauter
Halbstarke) auch nicht viel besser als ich spielen. Ich hoffe jedoch, durch intensives Training
bald weiter zu kommen.

Augenblicklich habe ich immer viel vor.
Montags besuche ich abends einen Kursus der
Volkshochschule ›Dichter und Schriftsteller
nehmen Stellung zu Problemen unserer Zeit‹.
Diese Arbeitsgemeinschaft ist übrigens sehr interessant. Nächstes Mal nehmen wir ›Dr.
Faustus‹ (Thomas Mann) durch. Anschließend
an den Kurs wetze ich zur Gymnastik vom
Turnverein. Dienstags muß ich zur Bastel-
stunde [für die Weihnachtsfeier vom MK], mittwochs zum Singen im MK, donnerstags zur
englischen Arbeitsgemeinschaft ›Modern Texts
and Conversation‹, freitags zu einer Vortrags-
reihe der Volkshochschule ›Wir und die Zeit‹,
(voriges Mal hieß der Vortrag ›Die Weltwirt-
schaftskrise‹ und vorgestern hörten wir über
›Formen und Entwicklung der Demokratie seit
der frz. Revolution‹). Sonnabends habe ich frei,
sonntags spiele ich Tischtennis, aber nur

vormittags. […] Mit Cherry werde ich mich nie mehr vertragen, obwohl Du es mir ja gewünscht hast. Ich bleibe erstmal ledig. […]«

Zwar bereute ich den Abbruch meiner gymnasialen Ausbildung absolut nicht, bemühte mich jedoch um Weiterbildung. Ich fand es wunderbar, jetzt das lernen zu dürfen, was mich wirklich interessierte und nicht das lernen zu müssen, was die Schule vorschrieb.

Vater hatte vor Kurzem die Zeitung »Die Welt« abonniert. Mutter und ich lasen darin vor allem das Feuilleton mit dem jeweiligen Fortsetzungsroman. Wenn eine von uns daran durch Abwesenheit gehindert war, schnitt die andere den Romanteil für sie aus. Dies behielten wir noch etliche Jahre bei.

Ab November wurde die Rationierung vieler Lebensmittel aufgehoben. Auf Marken gab es für einige Zeit nur noch Fett, Fleisch und Zucker. Längere Zeit bestand jedoch die knappe Zuteilung von Kohlen und Briketts.

Am sechsten November besuchte ich ein

Konzert des Schütz-Chores. Cherry war auch dort, was ich schriftlich mit »doof« kommentierte.

Vom Konzert des Bach-Chores am 20. November brachte er mich sogar nach Hause (dazu gibt es keinen Kommentar). Eine Woche später klingelte er bei uns, um mir eine Karte für das Winterfest der Hebbel-Schule am 30. November zu bringen. Bei dieser Gelegenheit klönten wir lange miteinander, was ich als »witzig!« notierte. Witzig fand ich, dass wir uns miteinander unterhielten, als seien wir Fremde.

Am fünften Dezember war Cherry eines Abends schon wieder bei uns. Angeblich wollte er im »Biese« (Alfred Biese: Deutsche Literaturgeschichte) etwas nachschlagen, was er für eine Hausarbeit brauchte. Das fand ich »komisch«, denn offenbar war dies nur ein Vorwand, mich zu sehen. Aber ich war krank und lag mit Grippe im Bett.

Notiz am 12. Dezember: »VHS-Kurs Dichter und Schriftsteller nehmen Stellung zu Problemen unserer Zeit: T. S. Elliot«.

»Cherry hat mich abgeholt von den

Böttchers«, notierte ich unter dem 16. Dezember. Er hoffte offenbar immer noch auf eine Versöhnung. Bei den Geschwistern Böttcher hatten wir die Geschenke für die Weihnachtsfeier des Musik-Kreises gebastelt.

Am nächsten Abend waren Anna und ich laut meinem Vermerk im Taschenkalender zu einer »Tanzerei bei Wolfgang« eingeladen. Wolfgang Kirchenbauer machte eine seemännische Ausbildung, während der er sich mit Barry angefreundet hatte.

Barry war für mich die Sensation des Abends, denn er war Australier! Unglaublich, einem Menschen vom anderen Ende der Welt zu begegnen! Außerdem war er auch noch »süß«, wie ich notiert hatte. Wolfgang besaß die Platte »In The Mood« von und mit Glenn Miller, nach der wir so ausgelassen tanzten, dass wir vollkommen aus der Puste kamen! Barry hatte uns vorher den Grundschritt vom Jive gezeigt. Er führte uns auch einen anderen neuen Tanz vor, den Jitterbug. Ich war begeistert und kommentierte den Abend mit »Fantastisch!« Barry blieb eine Woche bei Wolfgang, während der wir uns noch zweimal trafen.

Professor Rabsch veranstaltete mit seinem Studenten-Orchester und -Chor eine »Abendmusik«, zu der Anna und ich an einem Dezemberabend gingen und die ich mit »sehr schön« kommentierte.

Drei Tage vor Weihnachten fand die MK-Weihnachtsfeier statt, auf der die von uns gebastelten Geschenke nach Art des Julklapps verlost wurden.

Am nächsten Tag schrieb ich an Erich: »[…] Eigentlich sollte ich jetzt das Allegro assai einer Mozart-Sonate üben oder irgendetwas Nützliches tun, aber ich möchte nicht versäumen, A Happy New Year to you and your family zu wünschen. Ich hoffe doch stark, daß Du Dich im Jahre 1950 mal im Raume der Bundesrepublik und besonders im Notstandsgebiet Schleswig-Holstein sehen läßt! Compris?« – [Schleswig-Holstein galt als das ärmste Bundesland. Es hatte bedeutend mehr Flüchtlinge und Vertriebene aufnehmen müssen als die anderen Bundesländer. Hier betrug das aktuelle Verhältnis Flüchtlinge zu Einwohnern 38 zu 100!]. – »Die Weihnachtszeit verlief hier ziemlich ruhig, wenn man von dem allgemeinen Trubel vor dem Fest absieht. Am Donnerstag wurde nämlich bei uns ein Paket mit einer Gans abgegeben, die ein Landlehrer dem Regierungsrat schickte. Als mein Vater nach Hause kam, gab es natürlich einen Riesenkrach, weil ihm einfiel, daß der Lehrer Schulrat werden wollte. Weil meinem Vater solche Bestechungsmanöver zuwider sind, wollte er sie natürlich gleich zurückschicken. Er beguckte sie sich (die Gans) aber Gottseidank vorher noch mal gründlich und fand, daß es eigentlich eine sehr schöne, fette Gans war, bis wir uns dann schließlich dahin einigten, den Tagespreis per Postanweisung an den Lehrer zu schicken. Die Lehrersfrau kam am nächsten Tag allerdings weinend zu meiner Mutter, es wäre doch nicht so gemeint gewesen usw. usw., sie schieden jedoch in Frieden. Als am nächsten Tag wieder solch verdächtiges Paket kam, wagte meine Mutter es gar nicht zu öffnen. Nach 1 Stunde, als wir andern das Paket schon längst vergessen hatten, faßte sie sich ein Herz und packte … die 2. Gans aus. Die Spender waren zum Glück Freunde meiner Eltern – übrigens auch Lehrer, aber der Mann war kein Schulratsanwärter. Und so konnten wir das

Tier mit reinem Gewissen einwecken (für Annas Verlobung.) Annas Boyfriend weilt übrig-
gens augenblicklich in Kiel. Er hat gestern ›um
ihre Hand angehalten‹. Gott, wie spannend!
[…] Ich wollte erst gar nicht davon schreiben,
aber jetzt tu ich's doch. Also, ich habe mal wieder eine große Dummheit gemacht. Ich vertrug

aus Brief an Erich vom 22.12.1949

mich nämlich vorgestern mit Cherry. Wenn
man mich nach den Beweggründen fragen
würde, wüßte ich selbst keine. Denn ich liebe
ihn durchaus nicht.

Fritzis Roman ›Mont Verdue‹ erscheint

wahrscheinlich ab April 1950 als Fortsetzungs-roman in ›Westermanns Monats Heften‹. Das wäre doch edel, nicht? [Aus der Veröffentli-chung wurde dann jedoch nichts]. Fritz ist über-haupt wonnig. Ich mag ihn schrecklich gern, obwohl er manchmal den ganzen Tag nichts weiter sagt, als ›ja‹ oder ›nein‹.

Ich versuche seit einiger Zeit auch hin und wieder irgendetwas zu schreiben. Aber meis-tens komme ich über die ersten 20 Sätze nicht hinaus, weil ich mich so in Abstraktionen ver-wickelt habe, daß ich nicht mehr aus noch ein weiß. Dann reiß ich den ganzen Mist kaputt und setze mich lieber ans Klavier. […]«

Ende des Jahres erhielten Anna und ich überra-schend Post vom Kieler Yacht Club. Es war die Rechnung für unsere Mitgliedschaft, für die wir uns im letzten Jahr angemeldet hatten. Doch damals war das Geld nichts wert gewesen, während es inzwischen die harte D-Mark gab. Deshalb war der Beitrag unmöglich von uns aufzubringen! Anna ging zur Geschäftsstelle – »nach Canossa!«, sagte sie – und bewirkte nach langem Palaver die Rücknahme der Rechnung und unseren Austritt aus dem Verein. Sie war vollkommen erledigt, als sie danach zu Hause ankam. »Die waren da alle so hochnäsig!«, meinte sie. »Den Grundschein können wir ja nun nicht mehr machen«, stellte ich fest, »aber immerhin haben wir doch ein paar handfeste Knoten gelernt!« – »Und wir können sogar mitschnacken, wenn's mal ums Segeln geht!«, ergänzte Anna.

Gerd hatte gefragt, ob ich Silvester mit ihm zu einem Hausball im wieder aufgebauten Jacobsen-Haus am Alten Markt gehen wollte. Eingeladen hatte Horst, den ich noch nicht kannte, trotzdem sagte ich zu. Denn außer Gerd würden auch Jochen, Peter und Klaus aus unserer »Patenklasse« des Max-Planck-Gymnasiums kommen, und die eingeladenen Mädchen waren ehemalige Mitschülerinnen.

Der Hausball fand in der Wohnung im obersten Geschoss in einem saalartigen Zimmer mit hohen Fenstern statt. Da wir alle »solo« waren, mussten die Herren sich ihre Dame erst suchen, was buchstäblich gemeint war. Während die Jungs im Nebenraum warteten, sollten wir Mädchen uns verstecken. Das Licht wurde ausgeschaltet, die Herren kamen wieder herein und machten sich auf die Suche. Fünf hatten ihre Tanzpartnerin für diesen Abend auch bald gefunden, nur eine Dame blieb unauffindbar. Und das war ich. Ich war nämlich auf die »geniale« Idee gekommen, auf eine der niedrigen Fensterbänke zu klettern und mich dort hinter dem zugezogenen Vorhang zu verstecken. Es war der mir noch unbekannte Theo, der schließlich auf mein diskretes Räuspern von der Fensterbank herunter reagierte.

Noch heute erinnere ich mich lebhaft daran, dass wir am frühen Neujahrsmorgen in einer kleinen Runde – die anderen waren »schon« gegangen – in dem saalartigen Raum auf dem Fußboden saßen, zunächst über Literatur im Allgemeinen sprachen und dann über von uns entdeckte Bücher von Autoren wie Hemingway, Faulkner, Mailer, Sartre, Wilder, Camus diskutierten.

Wahrscheinlich wegen dieser Runde mit jungen Leuten, die die gleichen Bücher zeitgenössischer Schriftsteller wie ich gelesen hatten und ebenfalls von ihnen beeindruckt waren, blieb dieses Fest für mich unvergesslich. Und das, obwohl ich unter »Januar, 1., Sonntag (Neujahr)« im neuen Taschenkalender 1950 nur kurz notiert hatte: »Hausball bei Horst von 20.30 – 6.00 Uhr«.

**

1950

Am sechsten. Januar feierte Tante Hanna ihren Geburtstag. Doch ohne mich, denn ich ging ins Neue Stadttheater, wo es »Carmina Burana« von Carl Orff gab. Die Aufführung hatte ich erst vor Kurzem gesehen, war davon jedoch so begeistert gewesen, dass ich sie nun ein zweites Mal erleben wollte. Den stampfenden Rhythmus und auch die zarten lyrischen Gesänge dieser Musik hatte ich als ergreifend und aufwühlend empfunden. Beeindruckend fand ich auch das Bühnenbild: Ein riesiges buntverziertes Speichenrad, das nach meiner Erinnerung den gesamten Hintergrund ausfüllte und sich kaum merklich drehte. Vermutlich sollte es das »Rad des Lebens« symbolisieren. Seitlich davon standen in ansteigenden Reihen die Chöre – links die Männer, rechts die Frauen. Im verstärkten Theaterchor sang Cherry mit. So etwas hatte ich ihm gar nicht zugetraut!

Am achten Januar, einem Sonntag, war ich im Kino und sah den Ballettfilm »Die roten Schuhe« mit Moira Shearer und Adolf Wohlbrück. Obwohl ich den Schauspieler nicht leiden mochte, fand ich den Film laut meiner Notiz »wunderbar!«

Brief an Erich: »8.1.1950, 23.00 Uhr: […] Gestern und heute konnte der aufmerksame Beobachter einen ganz eigenartigen Zustand an mir feststellen. Ich war nämlich mal äußerst fleißig. Gestern hab ich den ganzen Tag an einem Babyhemdchen gestichelt. Es muss bis morgen fertig sein. Du brauchst mir aber noch nicht zu gratulieren; es ist nur für die Schule u. natürlich überhaupt nur so. – Und heute hab ich von früh bis spät sämtliche Rezepte in mein neu erworbenes Kochbuch [ein Weihnachtsgeschenk] eingetragen. Du, ich bin gut, ich kann nämlich schon Schmorbraten machen. – […] Donnerstag war ich zum 1. Mal im berüchtigten Möwenhaus.« – [Gästehaus der Landesregierung mit Saal und Konferenzräumen]. – »Es ist äußerst geschmack-, jedoch durchaus nicht prunkvoll eingerichtet (wie die Opposition behauptete). Wir hörten daselbst mit unserem Englischkursus, 1 Jugendleiterkursus und der Laienspielgruppe der VHS Kiel einen Vortrag von Miss E. Porter, London, über ›zeitgenössische Musik in England‹ nebst Schallplattenvorführungen. Es war äußerst interessant, besonders die anschließende Diskussion. Als ein Heini allerdings ziemlich viel Kohl quasselte u. keiner etwas dagegen sagte, ermannte ich mich und stellte seine unmöglichen Behauptungen richtig, bis ich ihn überzeugt hatte. Tatsächlich! Er verstand nämlich überhaupt nichts von moderner Musik. Das was das erste Mal, daß ich öffentlich irgendetwas gesagt habe, und es war gar nicht so schlimm. Ich bin nicht mal rot geworden(!). […] Anna schimpft schon, ich muß in die Falle. […]«

Im Großen und Ganzen wiederholte sich der normale Alltag, und zwar so, wie er schon im letzten Jahr verlaufen war. Wieder ging ich häufig ins Kino, Theater, zu Konzerten und besuchte Vorträge, die mich interessierten. Ich erinnere mich, dass ich einmal sogar eine öffentliche Vorlesung in der »Neuen Universität«

(später: CAU) hörte, die sich mit psychischen Auffälligkeiten im Jugendalter befasste. Gehalten wurde sie von dem noch jungen Psychologie-Professor Dr. Wegener, einem gutaussehenden blonden Mann. Anschließend suchte ich zu Hause in Vaters Bücherregalen nach Literatur über Psychologie – ein Gebiet, für das ich mich zu interessieren begann.

Am 18. feierte Mutter ihren Geburtstag im kleinen Kreis. Ich hatte mich endlich aufgerafft, an diesem Tag Fotos von mir machen zu lassen. »6 Bilder 10 DM«, notierte ich. Vater wollte an Freunde in der Schweiz schreiben wegen einer

Gerda im Januar 1950

Stelle für mich und dem Brief ein Foto beilegen.

Am 21. Januar hatte Vater Kollegen aus dem Ministerium zu uns eingeladen. Hierzu lautet mein Kalendereintrag: »Sehr nett!«. Offenbar hatte ich wieder eine Weile im Hintergrund still dabeigesessen und den wie immer lebhaften Gesprächen aufmerksam zugehört.

Verschiedene Taschenbucheinträge in diesem Monat lauten: »Cherry doof!!«, – »Konzert vom MK, gut besucht, das beste seit langem!«, – »Kino: ›Hamlet‹, mit Laurence Olivier, sehr gut!«, – »Abendmusik mit Rabsch.« Über den Hauswirtschaftslehrgang finde ich keine Notizen, offenbar lief dort alles glatt. Einige von mir besuchte Veranstaltungen hatten laut Kalendereintrag mittwochnachmittags stattgefunden – also ging der Unterricht an diesem Tag vermutlich nur bis mittags.

Zu Hause backte ich Albert-Keks und kaufte in Mutters Auftrag Zutaten für verschiedene Salate, die ich für Annas und Klaus' Verlobung zubereiten wollte. Die Rezepte für Keks und Salate stammten aus dem Kochunterricht. Ich freute mich, sie nun auch meiner Familie präsentieren zu können.

Annas und Klaus' offizielle Verlobung sollte am fünften Februar stattfinden. Nach der Feier mit Verwandten und Nachbarn wollten wir jungen Leute abends im umgeräumten Esszimmer tanzen. Klaus' Freund Mary (Gerhard Marienhagen) war als Tanzpartner für Klaus' jüngere Schwester Gretel vorgesehen. Ich war gerade solo, da ich mich mal wieder – jetzt aber wirklich endgültig! – von Cherry getrennt hatte. Anna fragte mich, ob sie Heini für mich einladen sollte. Dagegen hatte ich nichts einzuwenden – gut tanzen konnte er jedenfalls. Dies hatte ich schon auf dem Juristenball im Juni 1948 festgestellt. Auch fühlte ich mich seither nicht mehr nur rein freundschaftlich zu ihm hingezogen. Dass es ihm mit mir genauso ging, hatte ich schon vor noch längerer Zeit bemerkt. Deshalb war ich gespannt, wie der Abend für uns verlaufen würde – ich hatte etwas Herzklopfen.

Später feierten Heini und ich stets den fünften Februar als unseren »Kennenlernungstag«, obwohl wir uns eigentlich doch schon seit fünf Jahren kannten. Übrigens wurden auch Gretel und Mary an diesem Tag ein Paar, das wie wir ein Leben lang zusammenblieb.

In der nächsten Zeit sahen Heini und ich uns häufig, er lud mich sogar in ein Café ein, wobei ich mich sehr erwachsen fühlte. Außerdem besuchten wir zusammen Konzerte, dazu gehörten auch solche, in denen die Musik vor Publikum nur von Schallplatten abgespielt wurde. Darunter war laut Kalendereintrag eins mit »Prof. Metzmacher, Werke für Violoncello.« Heinis bevorzugter Komponist war J. S. Bach, von dem ich selbst noch wenig kannte. Doch nun fand auch ich Bachs Kompositionen »einzigartig!«, wie ich notierte.

Ich hatte gehört, Cherry sei mit Verdacht auf Diphtherie ins Krankenhaus gekommen. Und dabei steckte er doch mitten im Abi! Er tat mir leid, und ich entschloss mich zu einem Besuch im Krankenhaus. Ihm ging es schon wieder etwas besser, der Verdacht hatte sich nicht bestätigt. Er könne die Prüfung nachholen, sagte er. Dass ich jetzt mit Heini zusammen war, hatte er inzwischen offenbar begriffen.

Kalendernotiz vom zweiten März: »Brief aus der Schweiz. Älteres Ehepaar will mich haben.

Am liebsten ab 15. April, 80 Franken im Monat!«

Notiz vom neunten März: »Ranen lal Sinha mit dem Motorrad hier. Ganz nett.« Fritz hatte Ranen während seiner Zeit als britischer Prisoner of War in London kennengelernt. Er war Inder, als Brahmane gehörte er zur obersten Kaste. Nachdem er in London studiert hatte, unternahm er nun per Motorrad eine Europa-Tour. Nach meiner Erinnerung fuhr er schon am nächsten Tag weiter. Interessant fand ich, nach dem Amerikaner Eddy und dem Australier Barry nun sogar noch einen Inder kennenzulernen!

Am zehnten März hatten wir im Hauswirtschafts-Lehrgang zum ersten und letzten Mal eine Stunde »Gartenbau«, was ich mit »blöde« kommentierte. Wir mussten nämlich draußen in der Kälte stehen, um uns einen langweiligen Vortrag anzuhören.

Wegen eines Visums schrieb ich am 17. an das Schweizer Konsulat in Hamburg. Heini half mir bei der Formulierung. Die Antwort mit dem Antragsformular kam postwendend. Das ausgefüllte Formular schickte ich sofort samt

»Exit Permit«, dem Amtlichem Gesundheits- und Polizeilichem Führungszeugnis sowie Passfoto zurück. Das Visum wurde erteilt.

Mein Kalendereintrag vom 19.: »Abends Matthäus-Passion. Ein Jahr Probezeit, dann verloben.« Innerhalb weniger Wochen waren Heini und ich sicher gewesen, uns für immer aneinander zu binden? Heute staune ich über diesen Mut!

Am 20. fanden im hauswirtschaftlichen Lehrgang die Kochklausuren statt. Ich hatte »Kalbsfrikassee im Reisrand mit Karotten« zuzubereiten – eine schwierige Aufgabe, die ich mit »Befriedigend« bestand. Und dies, obwohl ich absolut keine Ahnung hatte, wie das Gericht eigentlich hatte schmecken sollen!

Das Abschiedsfest unserer Lehrgangsklasse war am 28. März. Kalender-Notiz: »Lehrerinnen sagen, ich solle zur Bühne, Talent usw.« Ich hatte Christian Morgensterns Gedicht »Zäzilie soll die Fenster putzen …« vorgetragen. (s. Anhang S. 222). Am 29. März, dem letzten Schultag, erhielten wir statt eines Zeugnisses mit Noten der verschiedenen Fächer nur eine schlichte Teilnahmebescheinigung (s. Anhang S. 223).

Während der Zeit bis zu meiner Abreise am 16. April sahen Heini und ich uns so oft wie möglich. Notizen darüber gibt es nicht. Mein 18. Geburtstag am 10. April fiel diesmal auf den Ostermontag. Nach meiner Erinnerung verlebte ich ihn in Flensburg mit Heini und seiner Familie.

Auch am Abreisetag fuhr ich morgens nach Flensburg, damit wir noch Zeit miteinander verbringen konnten. »Heini hat aus seinem Tagebuch vorgelesen«, lautet meine Notiz. Um 19.00 Uhr fuhr mein Zug ab. Heini brachte mich zum Bahnhof. Er hatte mir ein Päckchen in die Hand gedrückt, das ich jedoch erst unterwegs öffnen sollte. Darin waren ein Brief, eine Tafel Schokolade und ein Buch. An dessen Titel kann ich mich heute nicht mehr erinnern. Es könnte »Monpti« von Gábor von Vaszary gewesen sein oder »Fibel für Liebende« von Ludwig Reinders.

Um 14.00 Uhr am nächsten Tag kam ich in Basel an. »Untersuchung«, steht im Kalender. Vermutlich meinte ich »Durchsuchung« des Gepäcks mit schweizerischer Gründlichkeit. Um 17.30 Uhr erreichte ich Aarau, wo Herr

Senn, mein »Hausvater« mich am Bahnhof abholte. Mit einem Taxi fuhren wir zur Renggerstraße 60, meinem Arbeitsplatz. Das große, weiß verputzte Haus war umgeben von einem ebenfalls großen Garten. An einem der hohen alten Bäume entdeckte ich eine Schaukel, die an langen Seilen herabhing. Später setzte ich mich manchmal aufs Schaukelbrett, wenn ich mich unbeobachtet glaubte, schwang mich in die Luft und fühlte mich frei.

Es folgen Briefe:

Aarau, am 21.4.50.
20 <u>**</u>

Liebe Familie!
    Heute komme ich endlich dazu, Euch den „ Brief folgt" zu schicken. Da ich von 7¹⁵ − 20⁰⁰ ohne irgendeine Pause durcharbeite, bin ich abends meistens so müde, daß ich mich bloß noch wasche und dann sofort ins Bett lege. Heute, am Freitag, habe ich mit einer Frau das ganze Haus, das ungefähr 2 ¹/₂ mal so groß ist wie unser, gründ-

121

»Aarau, den 21.04.50, 20.30

Liebe Familie,

Heute komme ich endlich dazu, Euch den ›Brief folgt‹ zu schicken. Da ich von 7.15 – 20.00 ohne irgendeine Pause durcharbeite, bin ich abends meistens so müde, daß ich mich bloß noch wasche und dann sofort ins Bett lege. Heute, am Freitag, habe ich mit einer Frau das ganze Haus, das ungefähr 2½ mal so groß ist wie unser, gründlich saubergemacht. Dafür ›durfte‹ ich aber von 14.00 – 19.00 Strümpfe für einen Enkelsohn stricken. Nächsten Freitag muß ich das ganze Haus allein machen, die Frau wird abbestellt. Jeden Montag darf ich meine Wäsche waschen. Die Haushaltswäsche wird nicht zur Wäscherei geschickt, eine Waschmaschine oder Heißmangel ist auch nicht vorhanden. Ich glaube nicht, daß ich ein ganzes Jahr hier bleiben werde, mir würde ein halbes vollkommen genügen. Die Leute sind sehr nett, aber man merkt, daß sie nicht mehr so jung sind. Herr Senn ist so ungefähr Strobels Typ. Ich glaube er ›dichtet‹ auch. Eben zeigte er mir alte Stadtpläne von Aarau, damit ich mir eine Vorstellung von Aaraus Entwicklung machen könne. Also – mehr kann man wirklich nicht verlangen! Ich hätte Lust, Frau Zawilaks Lache zu parodieren, oder mal ganz geistlos albern zu sein, oder eine Tür so zuzuschlagen, daß man auch was davon hört.

Augenblicklich sitze ich in meinem kleinen Zimmer. Draußen gießt es in Strömen und irgendwo über mir trommelt der Regen auf die Dachziegel oder auf ein Stück Blech. Dieses Wetter drückt natürlich gleich die Stimmung etwas unter Null. Gestern war Föhn. Frau Senn hatte die ganze Nacht nicht geschlafen. Da Senns gestern um 16.00 zu einem Konzert in Solothurn fuhren, hatte ich den Nachmittag frei. Ich mußte allerdings noch Einiges in der Stadt besorgen, konnte dann aber endlich einmal zur Aare. Auf dem Weg dorthin knipste ich noch schnell die katholische Kirche, von der Anna auch ein Bild hat. Ich finde sie wirklich sehr schön, allerdings hätte es eher eine andere als gerade eine katholische sein können. Die Aare ist schön, das Wehr machte den meisten Eindruck auf mich. Ich ging ein ganzes Stück am Fluß entlang – überall waren Leute. Schrecklich, dieses Gewimmel! Ich finde die Landschaft hier sehr schön und interessant, aber ich betrachte sie so, wie man die Ausstellungsstücke im Museum betrachtet: Interessiert, aber ohne jede Beziehung zum Objekt. Vielleicht ändert sich das noch, aber ich glaube kaum. Schade. Gestern ist der kleine Leslie wohl bei Euch eingetroffen. Ich bin ja gespannt, wie er sich macht!« – [Peter Lesly Johnson kam aus Newcastle on Tyne, wo er Germanistik studierte. Er und Fritz hatten ihre Studienplätze getauscht: Fritz studierte ein Semester Anglistik an der Universität in Newcastle und wohnte währenddessen bei Peters Eltern. Sie zahlten ihm auch ein kleines Taschengeld. Dieser komplette Tausch war Fritz' Idee gewesen, und die beiden Universitäten hatten sogar ihr Einverständnis gegeben. Für deutsche Sprach-Studenten war es damals die einzige Chance für ein Auslandssemester, da es unmöglich war, dafür an Devisen zu kommen. Peter studierte an der Kieler Uni Germanistik und lebte während dieses Semesters als ›Familienmitglied‹ in unserem Haus. Später lernte auch ich ihn kennen. Er war ein sehr sympathischer junger Mann mit Sinn für Humor.] – Weiter im Brief: »Vorgestern

Abend holten Vroni und ihre Freundin mich ab. Frau Nöthiger war allein zu Haus, ihr Mann war noch unterwegs. Vroni ist sehr nett, aber nicht irgendwie anders als andere Mädchen, finde ich. Sie sprach davon, daß Ihr sie eingeladen hättet, im Sommer nach Kiel zu kommen. Sie hätte große Lust, aber ich weiß nicht, ob Ihr das ernst gemeint habt?

Nächsten Donnerstag, Freitag, Sonnabend sind Senns am Genfer See. Dann bin ich ganz allein in dem großen, dunklen Haus. Der einzige Trost ist, dass ich dann unten [im Wohnzimmer] Radio hören kann. Nöthigers haben mich eingeladen, während der 3 Tage bei ihnen zu schlafen. Ich will ihnen aber nicht zur Last fallen und habe abgesagt. Ich kann mich so schlecht an fremde Menschen gewöhnen.

Einmal im Monat habe ich einen Sonntag frei – Frau Senn kann mir den Tag aber nie vorher sagen – und jede Woche einen Nachmittag. Nöthigers haben mir angeboten, ihr Velo zu benutzen, alleine habe ich aber nicht die Initiative, irgendetwas zu unternehmen. Es ist überhaupt alles so ohne Lichtblick, hoffentlich kommt Taha im Juni, dann habe ich was, worauf ich mich freuen kann. – Wenn ich im Oktober nach Hause käme, könnte ich ein halbes Jahr zu dieser Privathandelsschule gehen und dann irgendwo im Büro anfangen. Ein ganzes Jahr halte ich das hier unmöglich aus, das könnte von Euch bestimmt auch keiner! – Schickt Ihr mir bitte mein Efeublatt [silberne Brosche], wenn's geht, sonst gebt es bitte Taha mit. [Während Tahas Urlaub in Hinterzarten war ein Treffen an der Grenze geplant.]

Es ist schon 2 ½ Uhr und mir fallen gleich die Augen zu.

Grüßt Fritz bitte, wenn Ihr ihm schreibt.

Anna, grüß den MK und sag, daß ich, wenn ich mal Zeit hätte, ihnen schreiben würde; ich hätte in nächster Zeit aber wahrscheinlich keine Zeit. […]«

»Aarau, 27.4.50

Liebe Familie!

Zuerst möchte ich mich sehr herzlich für Eure Briefe und Annas Brief bedanken. Schreibt man ordentlich oft und das, was zu Hause passiert. Heute bin ich den ersten Tag allein in dem großen Haus. Herr Senn hat übrigens erst im

Juli Geburtstag. Er feiert aber jetzt schon mit seinen gleichaltrigen Freunden alle Geburtstage zusammen. Seit Sonnabend ist das Wetter hier sehr unfreundlich. Nachtfrost und zeitweise Schneefälle.—Ich werde meinen Pass nicht verlängern lassen, sondern schon (erst) Ende September wieder nach Hause fahren.

Mit Senns habe ich erst in den letzten Tagen richtig Kontakt bekommen. Sie sind wirklich sehr nett + haben viele gute Bücher usw. Frau Senn schenkte mir gestern 2 Tafeln Schokolade, damit ich während ihrer Abwesenheit kein Heimweh kriegte. Schokolade nützt aber nicht viel. Morgen und übermorgen mache ich das Haus gründlich rein. Meinen freien Nachmittag habe ich morgen. Dann muß ich mich beim Arzt wegen der Krankenversicherung untersuchen lassen. Anschließend gehe ich das 2. Mal zu Nöthigers. Was ich bei diesem Wetter an meinem freien Sonntag mache, weiß ich noch nicht. Vielleicht kann ich ja mal zu Frl. Bossert gehen. Heute habe ich zum 3. Mal keine Post gehabt.«
– [Vielleicht lag dies an der schweizerischen Postzensur, die Briefe aus und nach Deutschland öffnete und mitlas; Heini schrieb jeden

Tag.] – »Ich hätte sie gut brauchen können. Das Radio habe ich schon den ganzen Tag an, damit es hier nicht so still ist.

Sonntag war ich zu einer Abendmusik in der Aarauer Stadtkirche. Es wurde unter anderem das Stück gespielt, das Heini und ich immer zusammen gesungen und gepfiffen hatten.« [J. S. Bach: Schafe können sicher weiden …] »Fürs Tagebuch habe ich noch keine Zeit gehabt, ich bin abends immer sehr müde. Ich stehe morgens um 6.00 auf und mache die Zimmer und die Diele, bis Senns um 8.00 runterkommen zum Kaffeetrinken. Wenn ich die Küche nach dem Mittag fertig habe, muß ich bis zum Abendbrot stricken. Ab 20.30 habe ich dann frei. Meistens komme ich überhaupt nicht an die frische Luft. Ich bin auch noch überhaupt nicht braun, Anna.

Es gibt hier Popeline-Mäntel zu 48,– Fr. Dafür werde ich sparen. Augenblicklich spielt Radio Lausanne das 3. Brandenburgische Konzert von Bach –. Taha, das hat Rabsch auf seiner letzten Abendmusik spielen lassen. Ich habe heute mal ausprobiert, ob ich überhaupt noch singen konnte. Es klingt nicht sehr schön. – An Fritz werde ich sehr wenig schreiben können aus Geld- und Zeitmangel. (Ich will äußerst sparsam leben, damit ich in dem halben Jahr noch etwas anschaffen kann.) Ihr könnt ihm dann ja von mir berichten. Schade, daß ich den kleinen Peter nicht mehr kennenlerne. Ich könnte ihm eigentlich meine [Klavier-]Noten schicken. Ich brauche sie doch nicht. […]«

»Aarau, am 3.5.50, 23.00
Liebe Familie,

Obwohl es schon sehr spät ist, will ich Euch doch noch schnell schreiben.

Bis eben habe ich an einem Kaffee-Geburtstagspaket für Heini gebastelt. Den Kaffee – 2486 g – kaufte ich heute, an meinem freien Nachmittag, bei der Migros für Fr. 20,50. So ein Paket kommt ungefähr auf Fr. 23,–. Nächsten Mittwoch werde ich Euch auch das erste schicken. Ich werde aber wahrscheinlich irgendeinem Geschäft den Auftrag geben, es für mich abzusenden, die Migros macht so etwas leider nicht. Dadurch, daß ich den Kaffee dann nicht bei der Migros kaufe, wird es wohl etwas teurer, aber ich habe ja keine Pappschachteln usw., und außerdem nimmt das Packen auch viel Zeit weg.« – [In Deutschland war Kaffee erheblich teurer. Es war Heinis Idee gewesen, Kaffee an Familie, Freunde und Verwandte zu schicken und ihnen zum etwas niedrigeren Preis als in Deutschland zu verkaufen. Der erzielte Gewinn sollte meinen geplanten Besuch der Kaufmännischen Berufsschule (Kleemann) finanzieren.] – »Augenblicklich sitze ich in meinem Zimmer. Es ist recht gemütlich beim Licht der kleinen Nachttischlampe; die Balkontür habe ich offengelassen, teils, um die wunderbare warme Luft zu genießen, und teils, um die Tanzmusik zu hören, die nebenan in der Tanzschule gespielt wird.

Freitagabend ging ich zum 2. Mal zu Nöthigers. Sie wollten gerade ein ehemaliges Mädchen von ihnen besuchen, und so nahmen sie mich mit nach Oberentfelden (per Auto) Sie brachten mich nachher noch in die Renggerstraße, blieben draußen stehen, bis ich abgeschlossen hatte und luden mich für den nächsten Tag zum Mittagessen ein. Zum Mittag kam ich mit etwas Verspätung, da sich am Morgen noch ein komischer Zwischenfall ereignete: Als ich die Post vorm Haus in Empfang nahm, klappte plötzlich die Haustür zu, und ich war ausgeschlossen. Der Bäcker von nebenan lieh mir dann Gott sei Dank eine lange Leiter und paßte auf, daß ich darauf gut auf meinem Balkon ankam. Die Balkontür hatte ich zum Glück offen, und so konnte ich wieder an meine Arbeit gehen.

Nach dem Mittag bei Nöthigers fuhren Vroni + ich in die Stadt, um Besorgungen zu machen und außerdem nach Buchs zu einer Freundin von Vroni. Anschließend ›veloten‹ wir drei auf den Achenberg jenseits der Aare, der ca. 680 m hoch ist, und gruben dort Pflanzen aus, die Vroni für ihr Herbarium braucht. Es war sehr anstrengend für mich, da ich morgens schwer gearbeitet hatte und es außerdem ziemlich heiß, bestimmt 30 °C, war. Es war trotzdem ein Erlebnis für mich, und ich habe die wunderbare Aussicht und die ganze Stimmung richtig genossen. –

Abends kamen Senns wieder und fuhren Sonntagmorgen um 11.00 gleich wieder fort. Als sie weg waren, fuhr ich zu Nöthigers (sie hatten mir für diesen Zweck ein Velo geliehen).

Vroni und ich setzten uns gleich in den Garten in die Sonne und erzählten und lasen. Ich las von Ernst Wiechert ›Die Mutter‹, das sehr, sehr gut ist, und auch von E. Wiechert ›Der Wald‹. Herr Nöthiger bekämpfte mit Oel und heißem Wasser Maulwurfskäfer (so heißen die hier, glaube ich), die den ganzen Rasen unterwühlen. Es war alles furchtbar nett, und ich fühlte mich richtig wohl.

Zum Mittagessen kam nachher noch ein Jugendfreund von Herrn Nöthiger, der seit 4 Wochen Vertreter vom Staubsauger ›Elektro Lux‹ ist und die ganze Zeit die Vorzüge dieses Artikels klarmachte, – was sehr lustig war. Nach dem Essen jonglierte er noch mit 3, 4 + 5 Bällen und 3 Hüten, und führte einen Stepptanz vor. Wir haben uns gekringelt!

Um ½ 3 fuhren die ganze Fam. N. und ich nach der Habsburg; danach stiegen wir auf den Eitenberg (ca. 700 m) und besuchten anschließend etliche Verwandte von Herrn u. Frau N. in Scherz und Lenzburg. Es war ein wunderbarer Tag, fast zu heiß, und wir hatten eine wunderbar klare Sicht. Die Alpen wirkten ganz nah. Vater + Anna, ist das Euch auch aufgefallen, wie gut die weißen Häuser mit dem Grün der Wiesen zusanmenklingen? Ich glaube, ich werde die sanften Linien des Juras lieber leiden mögen als die Schneeberge.« – [Vater war 1948 in der Schweiz gewesen, um an einer Lehrertagung auf dem Herzberg teilzunehmen. Damals war er bei Nöthigers untergebracht worden. Ein Jahr später nahm auch Anna an der offenbar jährlich stattfindenden Tagung teil.] – »Als wir um 20.30 schließlich in der Goldernstr. waren, zur Nacht gegessen hatten, und ich gerade wieder zur Renggerstr. wollte, riefen Senns bei N. an, daß sie erst im Laufe des Montags zurückkämen und nicht, wie beabsichtigt, am Sonnabend. N. baten mich, die Nacht über doch bei ihnen zu bleiben, und so schlief ich in Vronis Pyjama (der mir viel besser stand als ihr, sagte sie; sie ist übrigens schrecklich höflich, so wie Eddy ungefähr. Wir verstehen uns aber trotzdem sehr gut – seit Sonnabend duzen wir uns) bei Vroni mit im Zimmer.

Morgens schliefen wir bis 10.30, und nach dem Aufstehen fuhr ich schnell zur Renggerstr., um die Post zu holen« [Post und Zeitung musste ich Senns immer nachsenden], »und

kam zum Mittagessen wieder zu N. Den Nachmittag über saß ich im Garten in der Sonne und
strickte an den Kniestrümpfen. (1 Paar habe ich
übrigens fertig; gestern fing ich das 2. an.) Frau
N. sagte mir, ich solle ihr ruhig sagen, wenn es
mir bei Senns nicht gefiele, dann wolle sie mir
eine andere Stelle besorgen. Mir gefällt es aber
ganz gut. Markus sagte: ›Warum nehmen wir
die Gerda nicht zu uns?‹ Die beiden Jungen, besonders der jüngere – Markus – sind furchtbar
niedlich. Beide tragen eine große, dunkel einge-
faßte Hornbrille, was eigentlich komisch wirkt.
Vroni hat ja auch eine Brille, jetzt. Ich finde sie
sehr hübsch, vielleicht so ein ähnlicher Typ wie
Käthe. (Mutter, das ist die mit der klassischen
Figur.)

Gestern kriegte ich die Fr. 40 für April. Davon und von dem Geld, das ich noch von der
Reise übrig hatte, kaufte ich mir Briefpapier
und Marken und den Kaffee. Wenn ich den anderen Kaffee in der nächsten Woche kaufe, habe
ich hoffentlich noch so viel Geld übrig, daß ich
mir 2 Paar Söckchen anschaffen kann. Im nächsten Monat will ich mir ein Kleid kaufen für 49
Fr. Ich sah es heute im Schaufenster, hoffentlich

gibt es das nachher noch. Es ist aus Baumwolle, dunkelblau und weiß gemustert. Das Muster besteht aus breiten und schmalen Querstreifen, die manchmal weiß im Grund mit blauen Blumen und manchmal umgekehrt angeordnet sind. Die Blumen sind manchmal groß und mal klein, ganz willkürlich; es sieht fantastisch aus. Von meinem Junigehalt kaufe ich mir dann den Popeline-Mantel.

Vielen Dank für Eure – Vaters und Mutters – lieben interessanten Briefe. Beim Pfingstreinmachen sind wir noch nicht. Montag ist große Wäsche, die Waschfrau hat abgesagt, wir wissen noch nicht, was wir machen sollen. – Die Fußböden sind alle mit Linoleum belegt, müssen also gebohnert werden. – Die Sprache verstehe ich zum größten Teil – meistens. Bei Nöthigers habe ich Montag Klavier gespielt, ich hatte aber eigentlich gar keine Lust. Gelegenheit zum Singen gibt es hier nicht. Ich hab' auch keine Zeit.

Ja, Vater, ich bin auch im ›Keinraucher-Abteil‹ gefahren, ich hatte gar nicht darauf geachtet. Zum Rauchen mußte ich auf den Gang gehen. – Sprechen kann ich das Schwyzer Dütsch natürlich noch nicht, höchstens: ›Grüt' Sie‹ und ›Adjö miteinand!‹ u. ›Merci vielmal.‹«. […]

»Aarau, den 14.5.

Liebe Familie!

Ich habe tatsächlich schon ein ganz schlechtes Gewissen, weil ich Euch diese Woche nur eine Ansichtskarte schrieb. – Erstmal vielen herzlichen Dank für Eure lieben Briefe vom 4.5. und 8.5. Gut finde ich die ›Väterlichen Ratschläge an eine 18jährige‹; ich weiß allerdings nicht, wie Vater darauf kommt, mir durch Bamm (ist das eigentlich der I-Punkt-Verfasser?) zu sagen: ›Sei faul! Es ist das Gescheiteste, was Du tun kannst!‹ Vielleicht hat er recht; ich bin nämlich sehr fleißig (wirklich!) und Ihr würdet mich kaum wiedererkennen.

Anna, ich finde es nett, daß du Peter zum MK mitnimmst. Zeltet er auch mit Euch? Ist das ein Popeline-Mantel, den Du Dir gekauft hast? Raglan und so? Beige? (Bäsch = frz.)

Mutter, so etwas Ähnliches wie mit dem zugeschnappten Türschloß habe ich Montag schon wieder erlebt. Ich weiß nicht, ob ich Euch schrieb, daß ich mit Herrn und Frau Nöthiger in Aarau im Theater war. Eine Gruppe von Schauspielschülern, die die Wiener Schauspielschule absolviert hatten, brachten von Goldoni ›Diener zweier Herren‹. Es wurde sehr schlecht gespielt, aber ich war richtig froh, mal wieder Theaterluft zu atmen. Als Nöthigers mich um 22.20 vor Senns Haus abgesetzt hatten, konnte ich nicht zur Tür hineinkommen. Irgendetwas war mit dem Schlüssel nicht in Ordnung. Ich probierte noch ›ei bitzeli‹ daran herum, lief dann aber kurz entschlossen zu Nöthigers in den Goldern. Es war tatsächlich so, wie ich's mir gedacht hatte: Frau N. hatte mir aus ihrer Handtasche den verkehrten Schlüssel gegeben. Sie wollte mich nachher noch bis zur Entfelderstr. bringen; als wir aber erst ein kurzes Stück gegangen waren, kam Herr N. hinter uns und brachte mich im Wagen ›nach Hause‹.

Vater, kannst Du Dich noch an die Entfelderstr. erinnern – wo die Stadtbahn fährt –, und an die Kiburgerstr., wo Frl. Bossert wohnt? Die Renggerstr. ist die Verlängerung der Kiburgerstr. Wenn ich ›pressiere‹, komme ich in 13 Minuten zur Nöthigers.

Ich habe übrigens jeden Sonntag eine

Zeitlang frei, und zwar, nachdem ich mittags mit der Küche fertig bin, bis 18.00. Am vorigen Sonntag wollte ich während dieser Zeit zu Frl. Bossert, traf sie aber nicht an. Bei Nöthigers waren nur Vroni, die Schularbeiten machte, und Markus zu Hause. Wir hatten es sehr gemütlich. Da sie so schön dünn war, nahm ich mir die Tragödie von Anton Wildgans ›Liebe‹ aus dem Bücherschrank. Sie war sehr lustig; ziemlich abgegriffenes Thema – 2 lieben sich, ärgern einander, lachen sich eine bzw. einen anderen an, vertragen sich schließlich im 3. Akt –, und außerdem stilistisch sehr ungeschickt. –

Lustig war übrigens auch die Situation [für mich], in weißer Schürze in der Küche zu sitzen und auf das Klingelzeichen der ›Gnädigen‹ zu warten. Ein Zeichen, in das Eßzimmer zu gehen, ab- bzw. aufzudecken, Fleischplatte servieren usw. Das war Sonntagabend. Senns ältester Sohn war mit seiner ägyptischen Frau da, […], außerdem ein Franzose und eine Österreicherin, die vor 2 Jahren geheiratet haben und in kurzer Zeit für immer nach Abessinien fahren. Es wurde nur französisch gesprochen, und es war überhaupt alles sehr ›fürnehm‹.

Mittwochnachmittag war ich in der Stadt und habe das <u>erste</u> Paket an Euch abgeschickt. Schreibt Ihr bitte, sobald es angekommen ist?

Freitagmorgen um 10.00 gingen Herr + Frau Senn und ich nach Oberhof. Herr S. hat ein Wegprojekt gemacht« [Herr Senn war Oberförster im Ruhestand], »dessen praktische Fortschritte er sich bei Oberhof ansehen wollte. Da fantastisches Wetter war, durften seine Frau und ich mit. Wir fuhren bis Küttigen mit dem Postauto, gingen von da aus über Benken auf die Stockmatt, dann nach Oberhof hinunter, picknickten unser Mittag (Schokolade, Orangen, Brot, das wir mit dem Käse überm Feuer rösteten). Von der Stockmatt konnte ich übrigens den Herzberg sehen. Dann stiegen wir wieder bergauf, kehrten auf irgendeinem Gipfel in einer Gaststätte ein, tranken Süßmost und aßen Waffeln usw. Der Abstieg durch einen wunderschönen Wald, der blau von Veilchen war, ging sehr schnell. In Erlinsbach – ein Dorf, das auf der einen Seite katholisch, auf der anderen protestantisch ist – stiegen wir wieder in den Bus und waren schließlich um 18.30 zu Hause. Der ganze Tag war ein Erlebnis für mich!

Gestern nachmittag gab Frau S. mir von 15.00 – 18.00 netterweise frei, weil ich ›so fleißig geschafft hatte‹, (das hatte ich wirklich; außerdem war es wieder eine Bullenhitze + ich dementsprechend ab.) Ich ging schnell zu Nöthigers, lieh mir ein Velo und fuhr über die Aare-Brücke in den Jura. Ich kam bis hinter Küttigen auf die Staffeleggstraße und pflückte dort einen Feldblumenstrauß für Frau S. zum Muttertag.

Heute holten mich Nöthigers um 10.00 ab und wir fuhren nach Zürich. Ich hatte heute meinen freien Sonntag. Wir fuhren bis an den Fuß des Uetliberges (873) und stiegen per pedes auf den Gipfel und nachher noch auf den Aussichtsturm. Es war wieder wunderbar – alles –, und ich bin N. sehr dankbar. Von 3 – 18.00 waren wir bei Bekannten von N. in Zürich, schnackten klug und spielten mit den Kindern ›Wer fürchtet sich vorm schwarzen Mann‹ und ›Hochwerfen + Abknacken‹ usw. Um 20.00 waren wir wieder in Aarau.

Nachdem ich ›Das einfache Leben‹ von Wiechert gelesen habe und sehr gut fand, bin ich jetzt bei ›Die Magd des Jürgen Doskocil‹.

Außerdem las ich vor einiger Zeit von J. B. Priestly ›Abenteuer in London‹. Das ist ein ausgezeichneter Roman, stilistisch sehr gut, auch gedanklich. Und jetzt bin ich schrecklich müde und möchte gleich ins Bett.[…]«

»Aarau, den 31.5.50

Liebe Familie!

Es ist schon 22.00, aber ich muß Euch doch noch schnell schreiben.

Erstmal vielen, vielen Dank für Mutters und Tahas liebe Briefe. (Mutter, Du mußt nicht denken, daß ich Euch so wenig schrieb + schreibe, weil ich beleidigt bin, daß Ihr einmal eine Woche nicht geschrieben habt! Aus diesem Alter bin ich längst raus! Wenn ich einmal nicht schreibe, liegt es an Geld- oder Zeitmangel.)

Eben war ich bei Frl. Bossert. Es war das erste Mal, daß ich sie antraf. Meine Backen tun mir jetzt noch weh vom ewigen Lächelnmüssen. Sie war sehr nett und gab mir ein Buch von Romain Rolland mit.

An den beiden Pfingsttagen hatte ich von 15.00 – 18.00 frei, ich war beide Male bei Nöthigers. Hab' Klavier gespielt usw. Frau N. ist krank, sie hat eine Gelenkentzündung im linken Oberarm. – Am 12. Juni fahren Senns für 10 Tage in die Ferien. Nöthigers haben mich eingeladen, dann bei ihnen zu wohnen. (Ich wüßte gar nicht, was ich ohne N. anfangen sollte! Sie sind so nett!) Ich muß dann zwar noch 1 Paar Kniestrümpfe stricken, hoffe aber, trotzdem viel Zeit zu haben, um mit dem Velo loszufahren. Frau N. erwog schon, ob sie sich für einen Tag frei machen könne, um mit mir auf die Rigi zu gehen.

Ich habe Frau Senn gefragt, ob ich Ende Juli, wenn Heini kommt, noch 8 Tage frei bekäme. Sie sagte, mir stünde an + für sich überhaupt kein Urlaub zu – erst, nachdem man 1 Jahr da gewesen ist –, aber sie müßte mir dann wohl Ferien geben. Danach fragte sie mich, wie lange ich überhaupt hier bleiben wolle. Ich sagte, daß ich meine Aufenthaltsbewilligung, die bis zum 28. Oktober gilt, nicht verlängern lassen würde. Sie sagte, sie müsse das nur wissen, da sie zum 1. Oktober eine Italienerin – eine richtige, selbständige Hausangestellte – bekommen könne; ob es mir etwas ausmache, wenn sie schon am 1. Oktober anfange. Als ich Nöthigers das erzählte, luden sie mich natürlich gleich ein, bis zum 28. Oktober bei ihnen zu wohnen und noch ein bißchen durch die Schweiz zu reisen. Ich muss jetzt nur wissen, wann der Herbstkursus der Handelsschule von Kleemann am Alten Markt anfängt. Ich muß überhaupt wissen, ob ich überhaupt wiederkommen darf, ob Ihr mit meinen Plänen einverstanden seid. Wenn Taha kommt, können wir das mündlich wahrscheinlich viel besser besprechen. – Hoffentlich gibt es so einen Wochenendpaß! Wenn Senns weg sind, kann ich ja pausenlos übet meine Zeit verfügen. Taha, vielleicht sehen wir uns schon in 18 Tagen wieder!

Von Fritz bekam ich wieder einen Brief und von Tante Elsa eine Pfingstkarte. Es tut mir leid, daß ich ihr wahrscheinlich nicht wiederschreiben kann, mir fehlt einfach das Geld. Ich muß ja schon für meine Ferien im Juli und für die Nachhausefahrt sparen. Ich hab' mir ausgerechnet, daß ich mir außer dem Kleid, das ich mir nächsten Mittwoch kaufen will, und einem Sommermantel nichts anschaffen kann. Anstatt eines Radios muss ich mir wohl einen Wintermantel kaufen.

Mein freier Nachmittag fiel heute aus, weil ich Pfingstmontag – es war fantastisches Wetter nach dem verregneten Sontag – schon frei hatte.

Ich freu' mich schon auf Eure nächste Post. Es ist so schön, daß ich mich bei den Briefen an Euch nicht anzustrengen brauche. Sonst würdet Ihr wohl auch noch weniger Post bekommen.

Liebe Anna, gibst Du den beiliegenden Brief bitte dem MK? Er ist ziemlich doof (der Brief), aber ich habe trotzdem gestern den ganzen Abend dran gesessen.

Es ist 23.00 und ich muß ins Bett. […]«

»Aarau, den 9.6.50

Liebe Eltern,

gestern kamen Eure Briefe an Senns und mich, und ich möchte Euch gleich antworten.

Ich war ziemlich überrascht, daß ich nun doch nicht nach Hause kommen darf. Aber ich habe an diesem Entschluß sicher selbst Schuld, denn ich habe Euch meine Pläne ja noch gar nicht richtig dargestellt. Ich hoffe aber, daß Ihr meine Gründe anerkennen werdet und Euren Entschluß noch ändert.

Also 1.) Der Kursus der Privathandelsschule

ist m. W. ein in sich geschlossener Kursus, nach dessen Besuch + Abschlußprüfung man ein Zeugnis ausgestellt bekommt, also keine abgebrochene Sache.

2.) Eine Lehrstelle ist bestimmt leichter zu bekommen, wenn man Schreibmaschine + Steno kann und ein Zeugnis [hat], das dies bescheinigt, als wenn man als Hausangestellte gearbeitet hat und vor 1 ½ Jahren zum letzten Mal eine Schule besucht bzw. ein Buch angerührt hat.

3.) Es ist allerdings auch dann noch immer nicht sicher, ob ich überhaupt eine Lehrstelle bekomme; mit dem Zeugnis der Handelsschule könnte ich in dem Fall aber als Stenotypistin arbeiten (Christel Groth und Heidi Otto aus meiner früheren Klasse besuchten 1 Jahr die [Städtische] Handelsschule in der Wik, in der Privathandelsschule wird dasselbe Pensum in nur einem halben Jahr gemacht. Christel Groth hat durch ihren Lehrer eine Stelle als Stenotypistin für 120 DM gekriegt. Heidi Otto arbeitet bei ihrem Vater im Geschäft.) Diese Stellen sind immer zu haben.

4.) Ich werde das Schulgeld – 20 DM im

Monat – natürlich selbst bezahlen. Ich nehme an, daß ich 350 DM gespart bekomme, und dann könnte ich mir immer noch einen Wintermantel und anderes Zeug kaufen. Also braucht Ihr dann nur für meine Unterkunft zu sorgen. Außerdem werdet Ihr dann ja wieder die 30 DM Kinderzulage bekommen.

Dieses sind die materiellen Gründe. Die ideellen: Ich möchte gern möglichst schnell etwas lernen. Das mit einem Beruf zusammenhängt und das nicht nur einen Übergang – was mein Schweizer Aufenthalt bedeutet – bildet. Ich bin so begierig, etwas zu lernen, und ich weiß auch, daß ich, wenn ich ein Ziel vor Augen habe, arbeiten werde. Lernen kann man sicher überall, und hier werde ich sicher auch sehr viel lernen, was für meine menschliche und charakterliche Entwicklung von Nutzen sein wird. Und dafür ist die Hausarbeit bestimmt sehr geeignet. Aber ich glaube, daß ½ Jahr Hausarbeit genügt, und daß ich danach endlich etwas Fachliches lernen muß. Damit diese Zeit für meine geistige Entwicklung nicht ganz verloren ist, lese ich ein Buch nach dem anderen. Dieses ›Verschlingen‹ ist sicher nicht gerade das Richtige, aber ich habe immer Angst, daß ich etwas versäume. —

Falls Ihr mich nicht zu Hause haben wollt, und das der Grund ist, warum ich noch nicht zurück darf, werde ich für 1 – 3 Jahre nach England gehen. Dort könnte ich dann wenigstens etwas – nämlich die Sprache – lernen. Frau Nöthiger findet das auch ganz vernünftig, denn es gehen viele Schweizer Mädchen nach England in den Haushalt. Die einzige Schwierigkeit für mich läge in den Fahrtkosten, aber das würde ich sicher irgendwie zurechtkriegen. Wenn ich danach – also 1952 – als Zwanzigjährige noch eine Lehrstelle haben wollte, hätte ich sicher wenig Chancen, und für eine Stenotypistin fehlten mir auch die Fähigkeiten.

Aber lieber 2 Jahre in England und die Sprache lernen, als noch ½ Jahr, ohne etwas zu lernen. Ich glaube auch, daß ich in England nicht so viel Heimweh haben würde wie hier, weil die Landschaft vertrauter ist. Aber der Faktor Heimweh spielt ja – bei Eurem Entschluß – gar keine Rolle. Vielleicht, weil Ihr es selbst noch nie richtig kennengelernt habt. Oder weil Ihr meint, das sei gesund und werde sich mit der Zeit legen. Auf jeden Fall ist es da, und es ist bis jetzt nur nicht richtig zum Ausbruch gekommen, weil ich damit gerechnet hatte, im Oktober wieder zu Hause zu sein.

Aber ich will Euch jetzt nicht mit meinen Gefühlen langweilen. –

Ich hoffe, Ihr erkennt meine Gründe an und ändert Euren Entschluß. Frau Nöthiger will auch noch an Euch schreiben. Sie war überrascht über Eure plötzliche und kurze Entscheidung.

Die Italienerin – 27 Jahre alt – kommt am 1.10. zu Senns. Sie wird Frau Senn mehr helfen, weil sie die Wäsche selber machen will.

Frau S. hat zu Frau N. gesagt, daß sie und ihr Mann mir gern den Urlaub gegeben hätten, da ich ihnen sympathisch usw. wäre. Frau S. schenkte mir gestern eine Tafel Schokolade, damit ich nicht so traurig wäre. […]«

Vermutlich hatte Heini mir bei der Abfassung dieses Briefes geholfen, denn von einer Kinderzulage hatte ich vorher nichts gewusst. Er hatte inzwischen sein 1. Staatsexamen bestanden. Demnächst würde für ihn die damals drei(?)jährige, noch unbezahlte Referendarzeit beginnen.

Senns waren immer noch in den Ferien, und somit war ich relativ unabhängig. Bei schönem Sommerwetter startete ich am 15. Juni schon morgens um halb sieben mit dem Velo zu einer Tour nach Luzern. So früh war ich fast allein auf den Straßen. Als ich nach einiger Zeit rechterhand den Hallwyler See passierte, wusste ich, dass ich auf dem richtigen Weg war. Die Strecke von ca. 65 km, auf der ich hin und wieder schieben musste, wenn es zu steil bergauf ging, schaffte ich in dreieinhalb Stunden.

In Luzern fuhr ich über die hübsche Holzbrücke und entdeckte dabei in der Nähe eine Badeanstalt. Gemäß meiner »Buchführung« im Taschenkalender kostete der Eintritt »60 Rp.« (Rappen). Hier hielt ich mich einige Stunden auf, ging mehrmals zum Schwimmen im Vierwaldstätter See, lag in der Sonne und las oder träumte. Dabei hatte ich mir allerdings einen Sonnenbrand auf dem Rücken geholt, wie ich erst später feststellte. Gegen den Hunger hatte ich eine Tafel Schokolade und einen Apfel im Gepäck.

Für die Rückfahrt nahm ich eine andere Route, und zwar am östlichen Ufer des Sempacher Sees entlang. Nach dreieinhalb Stunden war ich wieder in Aarau.

In die Zeit von Senns Abwesenheit fiel übrigens auch der Besuch einer Verwandten, die auf der Durchreise war. Frau Senn hatte mich informiert, wann die alte Dame ankommen würde, um im Haus zu übernachten. Tatsächlich erschien sie zum angekündigten Zeitpunkt. Ich hatte für sie ein spätes Znacht vorbereitet. Danach verschwand sie im Gästezimmer und tauchte erst zum Frühstück am nächsten Morgen wieder auf. Ein Taxi brachte sie dann zu dem Zug, mit dem sie ihre Reise fortsetzen wollte.

Dem »Besuch der alten Dame« folgte leider ein Nachspiel. Als Senns von ihrem Urlaub zurückgekommen waren, inspizierte Frau Senn das ganze Haus. Natürlich wollte sie auch sicher sein, dass ich alles gut in Ordnung gehalten hatte. Das sei aber leider nicht so, warf sie mir vor. Doch wie hätte ich denn ahnen können, dass der Gast einen Nachttopf benutzen und ihn anschließend halb gefüllt zurück in den Nachttisch stellen würde?

»Aarau, den 26.6.50

Ihr Lieben!

Heute bin ich den ersten Tag wieder in der Renggerstraße. Senns sind allerdings noch nicht da; sie müssen aber jeden Augenblick kommen – es ist 21.00. Das Z' Nacht habe ich noch bei Nöthigers gehabt und bis eben las ich in Selma Lagerlöfs ›Jerusalem‹. Die Lagerlöf hat wirklich etwas los (obwohl sie ursprünglich Lehrerin gewesen ist!). Jedenfalls gehört das Buch zu den besten, die ich bis jetzt kenne. Bei Nöthigers las ich von Tagore ›Heim und Welt‹, J. P. Jakobsen ›Marie Grubbe‹, ›Niels Lyhne‹ und die Novelle ›Mogens‹. Jakobsen gefällt mir nicht sehr, besonders nicht, wenn man mehr von ihm liest, er ist zu einsilbig. Von G. Binding las ich ›Opfergang‹. Nicht schlecht, besonders die Sprache ist schön, allerdings oft ziemlich unlogisch. (Fritz würde seine Freude daran haben, wenn er sie übersetzen sollte.) Also Ihr seht, daß ich meine freie Zeit auch in geistiger Hinsicht ganz gut angelegt habe.

Zu Mutters und Annas Brief freute ich mich sehr. Die Kieler Woche muß ja interessant gewesen sein. Im vorigen Jahr war ich damals gerade auf Amrum; ich kann sie also gar nicht mehr richtig erinnern. – Wie schön, daß Mutter mich nun bei Kleemann angemeldet hat. Hab' man keine Angst, Mutter, ich werde schon fleißig arbeiten. – Übrigens, was macht Ruth eigentlich?

Ob Taha inzwischen schon wieder in Kiel eingetroffen ist? Ich habe sie gar nicht gefragt, wie lange sie in Hinterzarten bleibt. Hoffentlich passen dir die Strümpfe, Mutter. Sie sind kunstseiden, aber am Fuß mit Nylon verstärkt. Ich hatte Frau N. erzählt, daß ich Dir welche kaufen wollte. Und als ich im Begriff war, in die Stadt zu gehen, steckte sie mir 5 Fr. zu. Ist das nicht nett? – Am Abend, bevor ich Taha traf, fuhr Herr N. mit Vroni und mir ins Kino. Wir sahen ›Liebe 47‹ nach W. Borcherts ›Draußen vor der Tür‹. Letzten Sonnabend sahen wir wieder einen Film, und zwar ›So war meine Mutter‹. Ich hatte den Inhalt schon mal in Reader's Digest gelesen (Ihr sicher auch!).

Gestern war die Familie N. mit mir in

Lenzburg bei der Familie von Herrn N. Bruder, der früher Jäger war. Er zeigte mir die gesammelten Werke von Löns, der sein Lieblingsdichter ist. Er fragte mich auch, ob ich Gustav Schröer kenne. Als ich bejahte, hielt er mich anscheinend für ganz besonders belesen. Er freute sich noch mehr, als ich ihm sagte, daß ich nicht viel von ihm hielte. Überhaupt habe ich N. in Verdacht, überall von mir als einem sehr belesenen Mädchen zu reden, denn mir fällt allmählich auf, daß die Bekannten von N., zu denen ich komme, entweder sofort mit mir über Bücher reden oder gleich mit mir zum Bücherschrank gehen. –

›Das Literaturbrevier für junge Damen‹ finde ich recht gut. So etwas fehlte mir nämlich noch. Habt vielen Dank! Auch für die niedliche Bluse; sie paßt gut.

Sonnabend habe ich ein Paket an Euch abgeschickt mit zwei Kleidern und einem Unterziehhemd. Eine Bekannte von Frl. Nöthiger, Lehrerin, wollte gern altes Zeug loswerden und hat es mir vermacht. Das blauweiße Sommerkleid hatte ich für Mutter gedacht. Vielleicht kann es mit dem Gürtel passend gemacht werden oder wenn Ihr nicht wißt, wohin damit, dann vielleicht Frl. Dellnitz schenken. Solche Hemden tragen die Schweizer Frauen im Winter; da es noch gut war, schicke ich es mit. Das Samtkleid wollte ich eigentlich für mich haben. Falls es nicht zu ändern geht, könnten wir es vielleicht verkaufen.

Außer diesen Sachen habe ich noch für mich: 1 Plüschpullover (goldbraun mit langen Ärmeln. Ob es die inzwischen auch in Deutschland gibt? Sie sind aus Baumwolle und sehen von weitem aus wie aus Bademantelstoff), 1 hellblauen kurzärmeligen Wollpullover, 1 graue Bluse, 1 blaues Polohemd, 2 weiße Taghemden, 1 Badecape. Es sind natürlich alles alte Sachen, aber ich bin trotzdem sehr froh. – Meine Tour nach Vitznau [am 21.06.]war herrlich.« –

[Am Tag zuvor, 20. Juni, war ich um 6.00 Uhr mit dem Velo in Aarau losgefahren mit dem Ziel Vitznau. Nach vier Stunden Fahrt (ca. 80 km) erreichte ich die kleine Siedlung mit Wochenendhäuschen. In einem dieser ›Chalet‹ genannten Hütten durfte ich übernachten. Frl. Nöthiger, die Schwester von Herrn N., hatte es mir angeboten und verraten, wo ich dort den Haustürschlüssel finden würde.

Nachdem ich mich im Chalet kurz erfrischt hatte, ging ich zur Zahnradbahn-Station im Ort, um auf den Rigi-Kulm (1797 m) zu fahren. Die Fahrt an sich war schon ein Erlebnis! Es war ein warmer Tag, von oben hatte ich rundum klare Sicht. Ich leistete mir ein Eis, bevor ich mit dem Abstieg (ca. 8 km) begann. Doch statt nach zwei Stunden unten in Vitznau zu landen, kam ich in Weggis an! Von hier ging ich die ca. 6 km zurück nach Vitznau und war nach einer Stunde wieder bei der Hütte. Unterwegs hatte ich nette Begleitung von einem jungen Wanderer, der in Luzern lebte, wie er mir erzählt hatte. Daraufhin stimmte ich das Lied »Vo Luzern uf Weggis zue, holadihi, holadiho…« an. Natürlich kannte er es, und so sangen wir gemeinsam alle vier Strophen.

Gebadet im Vierwaldstätter See hatte ich auch, und zwar in Vitznau (»0,40 Rp.«).

Nachdem ich meine »Spuren« im Chalet beseitigt hatte, brach ich am nächsten Tag um 6.00 Uhr auf zur Rücktour. Wegen der zu erwartenden Hitze war ich immer sehr früh unterwegs.

Ernährt hatte ich mich während dieser zweitägigen Tour lt. Taschenbucheintrag mit »1 Eis 0,90 Rp.« und »1 Cassata 1,50 Fr.«, vielleicht hatte ich aber auch noch eine Tafel Schokolade im Gepäck.] –

Weiter im Brief: [Rückfahrt ab Vitznau] »Mittwochmorgen fuhr ich über die Axenstraße nach Flüelen. Ich war aber schon 2 Stunden vor Abfahrt des Schiffes da, mit dem ich nach Brunnen fahren wollte, und so fuhr ich eben mit dem Velo dieselbe Strecke wieder zurück. Dann über Lauerz, am Lauerzer See entlang, Goldau, Zug (im Zuger See habe ich noch gebadet; er soll der wärmste in der Schweiz sein), Cham, Müri, Lenzburg, Aarau. Im ganzen rund 130 km [ohne doppelt gefahrenen Weg ca. 85 km].

Ab Zug regnete es ununterbrochen, dazu kam ein ziemlich starker Gegenwind. Ich war froh, als ich um eben vor 16.00 bei Nöthigers landete. Aber schön war's doch. Besonders die Fahrt auf der Axenstr. am Vierwaldstätter See entlang, morgens zwischen 6.00 und 7.00.

Den Rest der Woche regnete es fast immer und weitere Velotouren mußten ins Wasser fallen. –

Was sagt Ihr bloß zu dem Krieg auf Korea? Die Leute sprechen hier von nichts anderem. [...]«

Am 25. Juni 1950 hatte Nordkorea Südkorea überfallen. Der Krieg endete am 27. Juni 1953. Zur Befriedung wurde auf beiden Seiten der Grenze (38. Breitengrad) eine demilitarisierte Zone festgelegt.

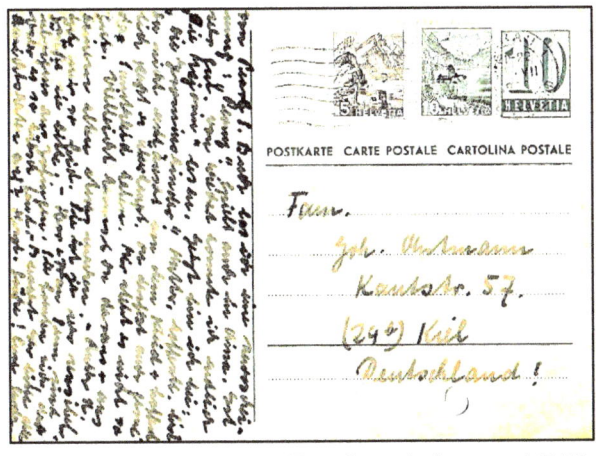

»(Postkarte) Aarau, 4.7.50:

Ihr Lieben!

Habt herzlichen Dank für Mutters und Vaters lieben Brief. Ich freue mich immer ganz schrecklich zu Euren Berichten. Daß Busch'

Haus so schnell fertig würde, hätte ich nicht gedacht. [Das Haus schräg gegenüber von unserem war im Januar 1944 zerbombt worden.] Es wird überhaupt viel in Kiel verändert sein, wenn ich komme. Genau in 13 Wochen werde ich wohl bei Euch eintreffen. Fritz' Gedicht ist wirklich recht gut. Komisch, in den letzten Tagen hatte ich andauernd die Anfangszeilen im Kopf. Heute habe ich es gleich auswendig gelernt. [s. Anhang S. 224]

Augenblicklich machen wir hier ein. Wir haben schon 30 Gläser mit Erdbeeren, Kirschen und Himbeeren. In den letzten Tagen ist hier oft 33 °C im Schatten. Es ist wirklich zu heiß. Die Nacht von Freitag auf Sbd. war die wärmste Juninacht des Jahrhunderts (22 °C). Dafür gab es aber Sbd. ein Gewitter, wie ich es überhaupt noch nie erlebt habe.

Morgen schicke ich ein Paket an Frau Neben. Frau Dr. Walter wollte Anna eines schicken. Außerdem will ich morgen den Popeline-Mantel kaufen, im Ausverkauf. Schade, daß ich nicht mehr Geld habe. Die Unterwäsche und überhaupt alles ist hier sehr billig. – Auf dem Markt gibt es schon die ersten Birnen und

Äpfel. Die Kirschenzeit ist ziemlich vorbei. Es wird aber noch mit aller Macht verkauft, damit kein Kirsch gebrannt wird. – Heute aß ich die erste frische Aprikose in meinem Leben!

Von Pearl S. Back las ich eine Neuerscheinung: ›Peony‹. Spielt auch in China. Ist sehr gut. Von Wiechert konnte ich endlich ›Die Majorin‹ lesen. Jetzt bin ich bei ›Die Jeromin-Kinder‹. Mutter, hoffentlich bist Du nicht enttäuscht von dem Kleid + hoffentlich paßt es überhaupt. Du darfst auch gerne das Samtkleid haben. Mir steht es nicht so gut. Vielleicht kannst Du daraus und einem alten etwas machen. – Ruth tut mir so leid. Sie ist ja so sensibel. Grüße sie bitte. [Meine Schulfreundin Ruth erwartete ein Kind und *musste* heiraten]. – Herr + Frau Senn sind übrigens aus Zofingen. Sie freuten sich, daß Vater es so hübsch fand. – Bewahrt Ihr bitte alle Ansichtskarten auf? […]«

»Aarau, den 12.7.50

Ihr Lieben!

Heute habe ich vergebens auf Post von Euch gehofft, aber ich will Euch trotzdem heute noch schreiben.

Taha wird ja inzwischen wieder in Kiel sein und Euch von mir erzählt haben. Hoffentlich nicht allzu viel Negatives. –

Der Sommermantel, den ich mir im Ausverkauf kaufte, kam auf Fr. 46.-, Raglanärmel und eingeschnittene Taschen. Man kann ihn mit und ohne Gürtel tragen. Der Kragen hat spitze Ecken + ist etwas größer als gewöhnlich. Der Stoff ist Popeline; der Mantel ist mit dem gleichen Stoff ganz ausgefüttert. Die Farbe mochte ich zuerst nicht so gern; sie ist eher hellbraun als beige. Jetzt finde ich sie aber hübsch. Das Schlimme ist, daß ich den Mantel kürzer machen muß, was wegen des Futters schlecht geht.

Von Herrn Senn bekam ich neulich 5 Fr., weil ich, nachdem die Kohlen gekommen waren, den Keller so gut gereinigt hatte, und der Besuch, der vorgestern Abend hier war, hinterließ mir wieder 5 Fr. Für das Geld konnte ich mir im Ausverkauf noch 2 Slips […] anschaffen. Ich habe mir ausgerechnet, daß ich mir noch 4 Paar Strümpfe kaufen könnte, wenn die Ausgaben in den nächsten Monaten nicht höher als gewöhnlich sein würden. 1 Paar Schuhe, 1 Wintermantel + ein Kleid könnte ich dann in

160

Deutschland kaufen. – Für meine Velotour Anfang August werde ich, wenn das Paket + die Ausgaben für Seife usw. abgehen, noch 53 Fr. haben. Ich hoffe, daß das für 8 Tage reicht. – Euch ist diese Rechnerei sicher schon langweilig geworden, aber sie bringt mir schrecklich viel Spaß. (Vater, wer hätte das gedacht?!)

Ganz Aarau steht seit Tagen schon im Zeichen des Jugendfestes, das übermorgen stattfinden soll. Familie Senn steht noch immer im Zeichen des 70. Geburtstages von Herrn S., der Sonntag + Montag gefeiert wurde. Ich wußte erst gar nicht, was ich ihm schenken sollte, bis ich schließlich, als ich Sonntagmorgen für Frau S. in der Gärtnerei Blumen abholen sollte, dort wunderhübsche Kornblumen sah. Für einen großen Strauß brauchte ich nur 40 Rp. zu bezahlen und Herr S. hat sich trotzdem sehr gefreut.

Sonntag waren die ägyptischen Schwiegereltern von Senns ältestem Sohn hier aus Kairo. Es wurde wieder die Köchin bestellt + ich konnte den ganzen Sonntag abwaschen. Mittags gab es eine Platte mit den verschiedensten Gemüsesalaten + Schinken + Wurst und hartgekochten Eiern; danach Kalbsnierenbraten mit Erbsen und kleinen, ganz gebratenen Kartoffeln; dann rote Himbeeren mit Sahne und Zucker. Nach kurzer Pause schwarzen Kaffee [Espresso] und Kuchen. Abends wieder eine Aufschnittplatte + einen Reispudding und Schlagsahne. Dazu natürlich immer die passenden Weine oder nach Belieben Süßmost. Von den Getränken kriegten wir in der Küche natürlich nichts zu sehen, aber sonst sind wir bestimmt nicht zu kurz gekommen, – eher zu lang (um einen neuen Ausdruck zu prägen).

Montag waren wieder Leute zum Z' Nacht + zum anschließenden schwarzen Kaffee da. Bis um 23.00 mußte ich abwaschen usw., konnte aber zwischendurch von Pearl S. Buck ›Land der Hoffnung, Land der Trauer‹ zu Ende lesen. Das war jetzt das 3. Mal, daß der Besuch Geld für mich hinlegte. Im ganzen habe ich dadurch schon 12 Fr. verdient. Meinetwegen könnte andauernd Besuch kommen.

Am vorigen Mittwochabend war ich mit Nöthigers zu einer Mozartmusik in dem riesigen Garten eines Aarauer Arztes. Es wurde sehr gut gespielt und gesungen und die ganze Stimmung paßte gut zu der Musik.

Mit dem Einmachen der Erdbeeren, Kirschen, Himbeeren und Johannisbeeren (›Meertrübeli‹ sagt man hier) sind wir Gott sei Dank fertig. Gestern pflückte ich den ganzen Tag Johannisbeeren + heute machte Frau S. 18 Gläser Gelée ein. Wenn sie wüßte, daß es keinen Krieg gibt, würde sie natürlich nicht so viel einmachen, sagt sie.

Ich habe jetzt den 1. Band der ›Jeromin-Kinder‹ von Wiechert gelesen. W. gefällt mir wirklich ausgezeichnet. – Eben ziehen hier grade Soldaten vorbei, die singen: ›Er trinkt den allerbesten Wein, und möchte doch der Papst nicht sein …‹ Montag war ich schon 12 Wochen hier und nächsten Montag genau 3 Monate.

Es ist jetzt 22.00 und ich will ins Bett, um noch etwas zu lesen. […]

P.S. Liebe Anna, sagst Du bitte Wolfgang Tsch. vielen Dank für seinen netten Brief? Ich hätte mich sehr gefreut usw., und ich würde, wenn ich mehr Zeit hätte, wiederschreiben. Vielen Dank! […] Übrigens sang ein Chor im Mozartkonzert ›Glaubt Ihr, Beständigkeit…‹ auf italienisch (besser als der MK). […]«

»Aarau, 20.7.50

Ihr Lieben!

Vielen Dank für Annas und Vaters liebe Briefe. Wenn Ihr auch sonst nicht viel los habt, aber Briefe schreiben könnt Ihr auf jeden Fall (auch, wenn Ihr gerade Urlaub + Schnupfen habt.) – Interessant finde ich ja die Reportage des Ohrtmann–Johnson–Austausches. Es wäre günstig, wenn Fritz dadurch etwas bekannter würde.

Eben habe ich meine Haare gewaschen + dabei ein Zahnputzglas kaputtgeschmissen. Ich hab' im ganzen schon: 2 Gläser, 1 Joghurtglas, 1 Schüssel, 2 Tassen, 1 Teller kaputtgemacht. Es ist mir immer schrecklich peinlich. – Ich bin heute etwas aufgeregt, weil morgen der dicke Brömel kommt. Übernächste Woche habe ich dann meine Ferien. Ich möchte am liebsten mit dem Velo über Bern, Thun, Interlaken, Furka-Pass, Bellinzona nach Lugano fahren. Und von dort aus mit Tagespaß + per Zug nach Mailand. Die Rückfahrt dann über Liechtenstein, St. Gallen, Romanshorn, Schaffhausen. Man müßte dann allerdings jeden Tag ca. 170 – 200 km fahren + ich weiß nicht, ob man das in dieser Hitze aushalten kann. 150 km täglich werde ich auf jeden Fall schaffen. Außerdem muß ich endlich mal an meine schlanke Linie denken. Ich wiege jetzt [auf der Kartoffelwasge im Keller] tatsächlich 118 Pfd. Und habe dabei – abgesehen von einer rundlichen Dienstmädchenfigur – ein ziemlich rundes Gesicht gekriegt. Ich nehme mir immer vor, weniger zu essen und führe es manchmal sogar ein paar Tage durch. Aber es ist sehr schwer, weil hier alles so gut schmeckt + man von der körperlichen Arbeit viel Hunger kriegt.

Der Fall Uwe – Inge ist ja äußerst spannend. Ich finde wohl, daß Uwe zu Inge paßt, aber ob Inge zu Uwe paßt?

Anna, schreib mal, was der Jüngling namens Nagel sonst noch so gesagt hat usw.!? Ich fühle mich ordentlich gebauchfeudelt, daß ich in der Jünglingswelt Kiels noch nicht vergessen worden bin. «– [H.-J. Nagel, »Patenklasse« der Max-Planck-Schule, hatte an der Haustür geklingelt, um mich zu einem Ball einzuladen.]

»Freitag startete das Aarauer Jugendfest. Bis mittags war strahlender Sonnenschein + der Maienzug kam auf seine Kosten. Nachmittags +

abends regnete es. Abends luden Nöthigers mich zum Tanzen ein in den Aarauer Hof. Frau N. hatte seit ihrer Verlobung nicht mehr getanzt, + ich wollte deswegen und überhaupt nicht gerne stören. Aber sie sagten, das sei Unsinn usw. Wir blieben etwa 1 ½ Std., in denen ich sogar von fremden Leuten aufgefordert wurde. Ich war sehr stolz. – Der Maienzug war wunderschön. Ich hatte Zeit, ihn mir anzusehen und nachher die Reden zu hören.

Sonntag waren Senns in Zürich, und ich konnte mir endlich mein 2. neues Kleid, von dem ich schrieb, ändern. Frau N. mochte es noch lieber als das blaue, das ich nach Riehen anhatte, leiden. [Im Grenzort Riehen hatte ich mich mit Tante Hanna getroffen.]

Hoffentlich werden die Häuser zwischen Reiters + Euch bald aufgebaut. – Von den Landtagswahlen las ich hier in der [Neue/n] Zürcher Zeitung. Es steht immer sehr viel von Schleswig-Holstein darin. Augenblicklich wird eine Artikelserie gebracht, die ›Politische Strömungen in Norddeutschland‹ heißt. Der erste Artikel hieß: ›Schleswig-Holstein, das Armenhaus Deutschlands‹. Ein anderer berichtete von Kiel

+ Lübeck, und wodurch sich die beiden Städte unterscheiden. Von Kiel + Gayk wurde sehr anerkennend geschrieben. Neulich las ich in der Zürcher Zeitung über Flensburg + die Dänische Minderheit. – Die Flüchtlingspartei [Bund der Heimatvertriebenen und Entrechteten (BHE)] ist ja eine schwierige Sache, zumal sie anscheinend selber nicht wissen, mit wem sie eine Koalition eingehen sollen.

Übrigens müßt Ihr unbedingt die ›Jeromin-Kinder‹ von Wiechert lesen. Es sind 2 Bände. Sie gehören zu den schönsten Büchern, die ich kenne. – Von Nevil Shute (Engländer) las ich gestern einen Roman ›Schach dem Schicksal‹, der das Problem der Gleichberechtigung der Farbigen den Weißen gegenüber behandelt. –

Für Beiers [Onkel Ernst und Tante Marianne] Silberhochzeit muß ich noch eine Karte kaufen und werde Euch in diesem Monat wahrscheinlich nicht mehr schreiben können. Aber aus der Silberhochzeitskarte seht Ihr dann ja, daß es mir gut geht. Mutter, Du denkst doch hoffentlich daran, daß man neue Strümpfe vorm 1. Tragen durch Wasser ziehen muß?

Herr Nöthiger war in dieser Woche in

Braunwald zu einer Musikwoche. Frau N. fragte gestern, wie alt Mutter sei, und sagte mir darauf, sie sei nur 1 Jahr jünger. Es ist bestimmt schwer für sie, jetzt noch so kleine Kinder zu haben. Vroni fährt Sonnabend in die welsche Schweiz für 3 Wochen, um Franz. zu lernen. –

Daß Fritz mit seinen ›Werken‹ so viel Erfolg hat, freut mich. Hoffentlich zerschlägt sich das mit Eutin [Lesung vorm Kulturkreis] und Erlangen [?] nicht durch seine Abwesenheit.

Es ist 22.30 + ich muß ins Bett.

[Randnotiz]: Erich hat sein Abi in Berlin mit ›Gut‹ bestanden. Er möchte gerne Lehrer werden, hat aber kein Geld, um auf die PH zu kommen. Traurig, nicht? Daß so vieles am elenden Geld scheitern muß! Übrigens finde ich, daß meine Freunde alle auffallend klug sind. Dann muß doch eigentlich auch an mir etwas dran sein, nicht? […]«

[Postkarte] »Aarau, 27.7.50
Liebe Familie!

Da Heini augenblicklich Bier trinkt, habe ich direkt Zeit, um Euch jedenfalls 1 Karte zu schreiben. (Obwohl meine Glace inzwischen kalt werden könnte.) In 10 Minuten müssen wir zu Senns zum Znacht. Senns sind schrecklich nett + laden Heini dauernd zum Essen ein. Überhaupt sind alle Leute rührend. Heini wohnt bei Nöthigers, und nächste Woche gehen wir auf Tour. Das Wetter ist herrlich, desgleichen die Glace und Heini auch (das letzte soll ich für Heini schreiben.) Herzlichen Dank für Mutters und Annas Brief + Karte (letztere mit 30 Rp. Strafporto). […]

[Heini schreibt weiter]: »Gerda ist albern, aber das gibt sich sicher. Sie hat andauernd frei meinetwegen, und ich habe direkt ein schlechtes Gewissen deshalb, dass sie nichts mehr lernt (im Haushalt). ~~Ausserdem~~ habe ich Gerda wohlbehalten vorgefunden. ~~Abnehmen tut sie dann sicher wieder in Kiel.~~ […]«

»Aarau, den 16.8.50

Ihr Lieben!

Heute komme ich endlich dazu, Euch den versprochenen Brief zu schreiben. Heini ist erst heute losgefahren; seine Tour geht über Zürich, Romanshorn nach Thun, Ende nächster Woche kommt er wieder. Nöthigers sind sehr nett zu ihm. –

Gestern und heute habe ich noch zwei Zimmer frühlingsreingemacht und Betten gesonnt. Und heute hatten wir außerdem noch eine Wäsche. Ich bin ziemlich müde und fürchte, daß kein anständiger Brief zustande kommt. Ich will Euch aber trotzdem einen Reisebericht erstatten.

Also: Am Sonntag, dem 30. Juli, starteten wir um 8.00 ab Aarau [nicht auf Fahrädern, sondern mit dem Zug] und waren um 9.30 in Bern. Wir und Bern waren in einer richtigen Sonntagsstimmung. Die Sonne schien, die feiertäglich gekleideten Leute kamen gerade aus der Kirche, die Straßen waren sauber gefegt und überhaupt! Wir freuten uns so über die Blumenkästen mit den blühenden Geranien, die am Bahnhof, auf dem Geländer der Kirchenfeldbrücke standen und vor den Fenstern des Bankgebäudes und des wunderschönen alten Rathauses hingen. Im Münster fanden wir ein sehr schönes, fast modernes Kirchenfenster, dessen Figuren Ähnlichkeit mit den Barlach'schen haben. Wir gingen über die Bundesterrasse und bewunderten von allen Seiten das ehrwürdige

Regierungsgebäude. Ein kitschiges Welt-
postvereinsdenkmal und eines vom Telegrafen-
verein mit raffinierten Springbrunnen besichtigten wir auch. Am Bärengraben, wo ganz
Bern sich sonntagmorgens zu treffen pflegt,
blieben wir etwas länger, und sahen zu, wie
sich die 7 oder 8 Bären von den Leuten füttern
ließen. Um Punkt 12.00 langten wir vorm Zit-
glocketurm am Ende der Kramgasse an. Dort
hatte sich schon eine Menschenmenge versam-
melt, um zuzusehen, wie eine Figur mit einem
Hammer auf die Glocke schlägt, während unterhalb des Glockenstuhls sich eine Tür öffnet
und eine Bärenfigur nach der anderen heraus-
tritt und wieder verschwindet. In der Kramgasse – und auch in anderen Altstadtstraßen
Berns – führt der Fußweg durch die Kolonna-
den unter den Häusern entlang. Die Kellerein-
gänge zu den Häusern hat man an der Straßen-
seite der Gänge als Falltüren. Aber ich darf
nicht zu lange von Bern schreiben, sonst werde
ich überhaupt nicht fertig.

Von Bern ging's nach Thun, einer sehr hübschen kleinen Stadt mit einer gedeckten Holzbrücke. In Thun aßen wir unser Zmittag – Speck

171

+ Brot von Nöthigers – im Park des Schlosses Schadau direkt am See. Mit einer Gondel ließen wir uns über die Aare setzen und stellten uns vor, wir seien in Venedig. Die Fahrt nach Spiez mit dem Dampfschiff war wunderschön. Leider war die Sicht nicht so gut, so daß wir den Niesen immer nur mit ›Hut‹ oder ›Kragen‹ sahen, und vom Eiger, Mönch und Jungfrau nur die Gipfel ganz verschwommen im Dunst.

Von Spiez mit dem Zug nach Kandersteg, immer bergauf und durch endlose Tunnel. Von Kandersteg stiegen wir zu Fuß die 500 m zum Oeschinensee, wo wir übernachteten.« [Wir hatten ein zusammenknöpfbares Einmannzelt der Wehrmacht (!) im Gepäck und dort aufgebaut. Meine Familie durfte vom Zelten natürlich nichts wissen.] – »Die Flora ist dort schon richtig hochgebirgig: Krüppelkiefern, vereinzelte Tannen und Alpenrosen, die ja leider nicht mehr blühten.

Am nächsten Morgen badeten wir im eiskalten See, in den die Sturzbäche der Schneeberge fallen. Um 9.00 waren wir wieder unten in Kandersteg und fuhren ganz vornehm mit dem Paris-Mailand-Express durch den Lötschberg-

und den Simplontunnel (die Fahrt durch jeden dauerte 20 Min.) am Rhonetal entlang.

Unser Zelt war so klein, dass nachts beim Schlafen unsere Füße rausguckten

Für kurze Zeit ging die Fahrt durchs Hochgebirge und dann [kam] der Blick auf die wie ein Kanal anmutende Rhone mit den schnurgeraden Pappelalleen und den abgezirkelten Feldern und Wiesen! In Brig wurden uns die Pässe abgenommen, die wir während der Fahrt durch Italien wiederkriegten.

In Domodossala, der häßlichsten Stadt, die ich je gesehen habe, stiegen wir um in ein wackeliges schmutziges Bähnli, mit dem wir nach Locarno fuhren. Domodossola mutete uns typisch italienisch an. Entweder rannten die Leute wie verrückt, oder sie saßen irgendwo auf dem Fußweg gegen die Hauswand gelehnt und dösten. Im ›Bähnli‹ – wir hatten immer Angst, daß es nicht mehr weiterkönne – kauften wir uns Sandwiches mit Salami, die schlecht war, wie wir leider zu spät bemerkten. Aber wir fanden, auch so etwas gehöre zu Italien.

Die Fahrt durch dieses Land gehört mit zum Schönsten der ganzen Reise. Es ging durch wilde Wälder, auf winzigen Brücken über tiefe Schluchten, durch kleine Tunnel und manchmal sogar über ebene Wiesen, die aber alle mit Geröll bedeckt waren. Ab und zu an 3 oder 4 Hütten vorbei, die aus diesem Geröll gebaut und mit flachen Steinen gedeckt waren. Die Fenster waren nur Mauerlöcher, aber es wohnten dort trotzdem Leute. Die Brücken, die über die Schluchten führen, sind auch aus diesen

Steinen gebaut und in der Mitte höher als an beiden Enden.

Sowie wir wieder in der Schweiz waren – ab Camedo –, sah man Weinanpflanzungen, kleine Villen, gepflegte Gärten mit Palmen, breite Autostraßen, obwohl die Landschaft zuerst noch die gleiche war.

In Locarno badeten wir im Lago Maggiore, sahen die Wallfahrtskirche Madonna del Sasso – allerdings nur von weitem – und aßen einen Eiskaffee. Nach kurzer Pause fuhren wir weiter nach Lugano und waren schon um 8.30 in der SJH.« – [In der Jugendherberge war es jedoch sehr voll und schmutzig, sodass wir nur unser Gepäck dort ließen – bis auf das zusammengepackte Zelt.] – »Abends gingen wir noch durch die hell erleuchtete Stadt und sahen überall die Leute an den Tischen der Cafés mitten auf der Straße sitzen und Cassata essen und Musik hören.« –

[Unser Zelt hatten wir direkt am Luganer See aufgebaut. Dies verbot zwar ein Schild, da aber andere Zelte dort standen, kümmerten auch wir uns nicht darum. Morgens wachten wir dann allerdings völlig durchnässt auf:

Nachts hatte es geregnet; das Regenwasser war den kleinen Abhang hinunter- und direkt durch unser Zelt geflossen! Mitleidige Zeltnachbarn reichten uns ein Handtuch, damit wir uns jedenfalls etwas abtrocknen konnten. Unsere Kleidung ließen wir im Laufe des Tages am Körper trocknen.] – Weiter im Brief: »Am nächsten Tag – also Dienstag – fuhren wir mit dem Schiff nach der italienischen Enklave Campione und nach Morcote, einem ganz entzückenden kleinen Ort. Von Campione haben wir Euch wegen der italienischen Briefmarken geschrieben. Wir haben genug darauf geklebt, jemand muß sie abgenommen haben. Das soll bei diesen seltenen Marken vorkommen.

Donnerstag fuhren wir weiter nach Mesocco; mit dem Postauto über den San Bernadino, an der Roffla- und der gewaltigen Viamalaschlucht vorbei nach Thusis. Von dort mit dem Zug über Chur nach Buchs. Dort übernachteten wir [im Zelt] und gingen am nächsten Tag nach Schaan und Vaduz in Liechtenstein, von wo wir Euch ja eine Karte schickten. Abends waren wir in Romanshorn und wurden gleich von Heinis Bekannten zum Znacht eingeladen.

Am nächsten Morgen fuhren wir auf geliehenen Rädern (von den Bekannten) am Bodensee entlang und besichtigten vorher noch in Romanshorn eine sehr hübsche katholische Kirche. Mittags mit dem Zug nach Kreuzlingen, von dort per Schiff über den Untersee nach Schaffhausen. Die Fahrt war wunderbar, das Wetter einzigartig. Schaffhausen, Rheinfall – kein Reinfall. Sonntagmorgen fuhren wir nach Zürich, badeten im Zürich-See, gingen durch die berühmte Bahnhofstraße, am Limmat Kai entlang und durch die engen Gassen der Altstadt. Überall – wie auch in Bern – mitten auf den Straßen die alten Brunnen mit den hübschen Figuren. – Um 21.00 waren wir dann glücklich wieder in Aarau.

Und jetzt bin ich schrecklich müde. Übrigens sind es nur noch 6 ½ Wochen, bis ich nach Hause fahre! Ich bin schon ganz aufgeregt. – Ob ich Susi wohl noch zu sehen kriege? Ihr braucht doch ihretwegen nicht auf Eure Ferien zu verzichten; sie freut sich sicher, wenn nicht so viele fremde Leute da sind!

Vom MK kriegte ich eine Karte aus dem Weserbergland. Nett, nicht?

In Lugano sahen wir neben Palmen auch Bambusbäume und Zedern. […]«

»Aarau, 5.9.50

Ihr Lieben!

Ihr habt wirklich Grund, böse zu sein, denn ich hab schrecklich lange nicht geschrieben. – Heini fährt jetzt nämlich erst kommenden Donnerstag. Als ich vorigen Mittwoch zu Nöthigers ging, um ihn zur Bahn zu bringen, taten alle so geheimnisvoll und komisch, bis ich schließlich ganz nebenbei zu wissen kriegte, daß Herr Nöthiger für Heini eine zweitägige Arbeitsstelle [Buchführung] besorgt hatte, und zwar für Freitag + Sonnabend. Es verschob sich aber auf Montag + Dienstag.

Senns sind augenblicklich wieder für einige Tage verreist, ich habe aber trotzdem genug zu tun: Keller saubermachen, Fenster putzen, Küche gründlich, Rasen mähen usw. Heute war ich bei Nöthigers zum Zmittag, und bin auch wieder zum Znacht eingeladen.

Eben war ich bei der Migros und habe an Euch und Frau Ilgner ein Paket geschickt. Oh, mir fällt gerade ein, daß Ihr es wegen Frau Dr.

Walters sicher gar nicht abholen könnt [Zoll!]. Ich hab' gar nicht daran gedacht, aber vielleicht geht es ja doch.

Sonntagabend waren Heini und ich bei Dr. Walters. Wir haben uns sehr gut unterhalten. Frau Dr. W. ist eine sehr kluge und wirklich bezaubernde Frau. Sie sieht an + für sich schon sehr gut aus, aber wenn sich ihr Gesicht beim Sprechen belebt, kann man beinah für sie schwärmen.

Heini und ich schwärmen so von Frau Nöthiger. Sie ist auch bestimmt bedeutender als Herr N. Mutter, schade, daß Du sie noch nicht kennst! – Sie hat so etwas Mütterliches und dabei auch wieder Mädchenhaftes. Eine ihrer sympathischen Seiten ist die, daß sie nicht so schrecklich pinnig [pingelig] ist, aber trotzdem ihren Haushalt immer auf Schwung hat. – Frau Dr. Walter bedauerte auch, daß die Hausfrau – ob sie will oder nicht – oft so vom Haushalt in Anspruch genommen wird, daß sie keine Zeit mehr für außerhalb liegende Dinge hat.

Ich las neulich meinen zweiten Roman von Erich Remarque: ›Arc de Triomph‹. Er ist sehr gut, wenn auch nicht so revolutionär wie ›Im

179

Westen nichts Neues‹, aber dafür etwas überlegener und ausgeglichener (wenigstens hatte ich den Eindruck). Es ist die Geschichte eines Deutschen, der aus einem deutschen KZ-Lager geflüchtet ist und sich in Paris einige Jahre ohne Papiere aufhält, bis er bei Kriegsausbruch in ein frz. KZ-Lager kommt.

Herr N., Vroni, Heini und ich waren Sonnabend im Kino. Für einen Heinz-Rühmann-Film waren keine Karten mehr zu kriegen und für einen Hollywood-Film nur noch welche auf Klappstühlen. Wir nahmen aber alles, den Film und die Stühle, mit Humor. Der Film hatte den vielversprechenden Titel ›Straße der Leidenschaft‹, und Vroni konnte endlich einmal ihren ersten ›Kitsch‹ sehen.

Unsere Tour auf die Wasserfluh war wunderbar. Wir fuhren bis Küttigen mit den Velos, wo wir sie in einer Scheune unterstellten, und machten uns dann auf den Aufstieg. Obwohl wir eine Karte hatten, verfehlten wir natürlich den Weg und kletterten auf einem Steinschlag, den wir zuerst für den Weg hielten, hinauf. Daß wir uns geirrt hatten, merkten wir erst, als wir nicht mehr wieder zurück konnten. Die

Steigung war durchschnittlich 60 – 70°, die letzten 15 m sogar 90°; aber da waren Gott sei Dank Felsen + nicht wie vorher glitschiger Waldboden und lose faustgroße Steine. Der Aufstieg hatte sich aber wirklich gelohnt. Wir hatten eine wunderbare Aussicht auf den Hallwyler- und den Sempacher See, leider nicht auf die Alpen, aber dafür auf den Herzberg und die im Dunst schwimmenden dunklen Berge des Schwarzwalds.

Für den Abstieg benutzten wir einen richtigen Weg und gingen übers Benker Joch wieder zurück nach Küttigen. Ich kann jetzt die Bergsteiger verstehen, denen das Klettern zur Leidenschaft wird. Die Wasserfluh wird oft von Bergsteigern zum Üben benutzt. […] – Von Elke Petersen aus Kronshagen hatte ich neulich einen Brief Sie hatte mit dem Turnverein eine Deutschlandfahrt gemacht und ist auch in Schaffhausen gewesen. Sie war 2 Tage vor uns am Rheinfall. Wie leicht hätten wir uns da treffen können!

Hoffentlich kann ich Susi noch kennen lernen! Kommt Fritz auch erst mit ihr? Ich bin schon gespannt auf ›Blick in die Welt‹ [Bericht über Peter Johnson und Familie Ohrtmann]. Ob Ihr gestern in Flensburg wart? Ich schrieb Opa eine Ansichtskarte. – In 3 ½ Wochen bin ich schon wieder in Kiel. […] Meine Mückenstiche sind fast vorbei. Ich habe jetzt wieder meine schiefe Frisur, weil mein Haar zu lang ist. Gestern bekam ich meinen Steuerbescheid: 26 Fr. insgesamt.

Das Schwyzerdütsch kann ich jetzt wirklich ganz + gar verstehen. Heini redet sogar schon. Ich wage es außer einigen Redensarten noch nicht: (›Isch mr gliech, Ei, Du seischt!, Das Zmittag isch p'rat!, Mer dann asse!, Noch li Kaffee?‹ usw.) Wenn ein Besucher Frau Senn fragt, ob ich Schwyzerdütsch verstünde, sagt sie ganz stolz: ›Sie rädt ech scho!‹ Worauf ich versucht bin, ›deich wohl deich‹ (›teils – teils‹) zu sagen. […]. – Morgen werde ich wahrscheinlich an Frau Neben und Frl. Andreas denken [d. h. Kaffeepakete schicken]. […]«

»Aarau, den 14.9.50

Ihr Lieben!

Zu Vaters und Mutter Briefen habe ich mich wieder sehr gefreut. Habt vielen Dank! ›Blick in die Welt‹ kam vorigen Sonnabend doch noch endlich. Die Bilder [s. Anhang, S. 225] sind wirklich ganz nett; warum seid Ihr ›Alten‹ denn nicht mit drauf? Peter hat ja eine süße kleine Stupsnase und Anna wirkt so aufgenordet. Vroni meinte erst, Klaus sei ›Herr Brömel‹; [Der Bericht in »Blick in die Welt« enthielt eine Reihe weiterer Fotos]. Anna, erzähl Klaus das man nicht, sonst wird er noch zu eingebildet!

Gestern habe ich an Familie Reiter + Frau Hamann ein Päckchen geschickt. Hoffentlich ist es ihnen recht.

Weiß Anna schon, wann die Hochzeit sein soll? Zu Ostern? Oder früher? Wie schön, daß ich dann im Winter noch die Supersteppdecke akklimatisieren kann.

Aufs Klavierspielen freue ich mich auch schon wieder. Ich hab' leider inzwischen sehr viel verlernt, da ich meine Fingerübungen und Etüden überhaupt nicht spiele, wenn ich alle 3 Wochen mal ½ Stunde bei Nöthigers spiel. Ich-möchte aber gerne wenigstens wieder so weit kommen, wie ich im Frühjahr war. Nöthigers haben viel Sorge mit ihren beiden Jungs. Richard stottert und Markus, der Asthmatiker, hat höchstwahrscheinlich eine Wirbelsäulenverkrümmung. Er soll jetzt Turnübungen machen, und Richard kommt vielleicht in ein Heim.

Senns kamen erst Montagabend wieder; und so konnte ich den Sonntag noch mit N. verbringen. Wir fuhren mit dem Auto auf den Buschberg und durchs Fricktal, das Kirschen- + Zwetschenland der Schweiz. Auf dem Buschberg steht eine Wallfahrtskapelle, zu der ein Weg mit 15 Stationen führt. Wir trafen 3 Bauersfrauen aus dem nahegelegenen Dorf Wittnau, die diesen Weg machten. Wir gingen mit ihnen ein Stück, unterhielten uns großartig und machten Witze und so; aber bei jeder Station blieben die 3 alten Frauen – die älteste war 86 – stehen und murmelten ihre Gebete her, während sie an ihren Rosenkränzen drehten. – Wir besichtigten noch ein Refugium aus der Römerzeit, von dem aber nicht viel zu sehen war.

Es ist wirklich schade, daß ich Susi nicht mehr kennenlernen kann. Es wäre schön, wenn sie für immer nach Deutschland könnte; aber sie wird sicher kaum Arbeit kriegen.

Ich muß wahrscheinblich noch ein Paket mit

Sachen von mir schicken, weil ich sonst nicht alles in den Koffer kriege. Ich 16 Tagen fahr' ich schon. Die Reise kann man auch in DM bezahlen, vom Bad. Bahnhof bis Kiel. Würdet Ihr dann bitte rechtzeitig 100 DM überweisen an: Deutsches Zollamt Bad. Bhf. Basel, Postfach Lörrach für Gerda Ohrtmann? Heini wird Euch das noch besser erklären, entweder schriftlich oder mündlich. Vielleicht kommt er nämlich doch nicht noch erst nach Kiel; jedenfalls schrieb er das im letzten Brief. Vaters Ratzeburger Woche muß interessant gewesen sein. Eigentlich schade, daß wir Kinder so wenig mathematisch begabt sind. Aber Ihr könnt ja noch auf die Enkelkinder hoffen.

Auf Fritzis Schreibmaschine kann ich später ja gut üben, wenn er es erlaubt. Auf die nächste Kurzgeschichte in Westermanns Monatsheften bin ich gespannt. Kommt sie in das Oktoberheft? – Wiechert schreibt in seinen Erinnerungen, daß er auch für Westermanns Monatshefte geschrieben hätte.

Ich will jetzt ins Bett; ich hab wieder Kopfschmerzen, weil anscheinend Föhnlage ist. Und außerdem am linken Ringfinger einen geschwollenen Wespenstich. – Dies ist der letzte Brief (bis auf 2 oder 3 Karten) [...]«

»Aarau, 28.9.50, 22.30
Lieber Erich!

Du, ich hab' mich wirklich ganz schrecklich gefreut, mal wieder von Dir zu hören. Ich hab' Dich immer noch nicht ›fast ganz vergessen‹, wenn ich auch längere Zeit keine Post von Dir hatte. Außerdem kann ich verstehen, daß Du bei Deiner Arbeit wirklich nicht zum Schreiben kommen konntest. –

Nebenbei bemerkt ist es jetzt schon ½ 23.00, ich komme gerade von einem Abschiedsbesuch einer bekannten Familie und esse jetzt die Pralinés, die man mir für die Reise mitgab. Übermorgen, um 15.30 fahre ich hier ab und bin Sonntagmittag in Kiel. Mir graut schon vor der Fahrt, besonders vor der langen Nacht, da ich im Zug schlecht schlafen kann.

Heini fuhr vor 3 Wochen wieder von Aarau ab; ungefähr 8 Wochen war er hier. Wir haben es in der Zeit wirklich schön gehabt (zumal Senns noch die letzte Woche verreist waren), und wir sind uns wieder – wie immer, wenn wir alleine sind – viel nähergekommen.

Heute in einer Woche fängt meine Schule schon an, in den wenigen freien Tagen muß ich erstmal zum Zahnarzt, zum Arzt, zum Coiffeur (mein Haar wird dann ganz kurz geschnitten und ziemlich glatt gelassen). Ich hab' also schon viel vor. Am übernächsten Wochenende muß ich nach Flensburg, um den Abschluß und Höhepunkt der Flbg. Bach-Woche mitzuerleben. Es wird die Hohe Messe in h-Moll aufgeführt, die wahrscheinlich zum Schönsten gehört, was jemals komponiert wurde. Ich schwärme immer noch für Bach – trotz des allgemeinen Bachjahr-Rummels –, aber ich fange jetzt auch langsam an, mich etwas für Beethoven zu erwärmen. –

Ich freue mich schon schrecklich auf zu Hause, besonders wahrscheinlich aufs Klavierspielen. Aber auch sonst. Allerdings tut es mir doch auch ein bißchen leid, das schöne friedliche Land und die vielen netten Leute, die ich kennenlernen konnte, wieder zu verlassen. Aber auf jeden Fall freue ich mich, daß das Dienstmädchendasein dann endgültig ein Ende hat. Denn auf die Dauer kommt man sich dabei doch etwas komisch vor. Nicht, daß ich mich zu gut für die Arbeit fühle; aber daß ich immer von den Launen einer anderen Frau abhängig sein muß, daß ich für sämtliche Familien- und andere Geschichten Interesse heucheln muß, kurz: diese ewige Heuchelei und Dienstbeflissenheit meinerseits geht mir auf die Nerven.

Senns sind aber trotzdem furchtbar nett. Frau Senn hatte mir sogar ein ›Zeugnis‹ geschrieben und Herr Senn ein Gedicht (s. Anhang, S. 226 u. 227). Als Abschiedsgeschenk bekam ich 20 Fr., die ich gleich in einen Henkel-Plüsch-Pullover und Netznylons umsetzte. Sonntag gingen die beiden Alten mit mir zu einem internationalen Herbst-Pferderennen in Aarau. Es war mein erstes Rennen, und Du kannst Dir vielleicht vorstellen, wie mich das faszinierte. Es waren wunderbare Rößli dabei. In den Pausen natürlich eine große Modenschau von den berühmtesten Schweizer Firmen aus Genf, Lausanne, Basel, Zürich, Lugano + sogar aus Aarau.

Von unserer Tour de Suisse könnte ich Dir so viel erzählen, aber eben: erzählen wäre das Gegebene. […] Hast Du unsere Karte aus Mesocco gar nicht gekriegt? Wir fuhren am selben Tag mit dem Postauto über den San Bernadino (2300 m), und schlugen abends in Buchs bei strömendem Regen unser Zelt auf. Von Buchs aus gingen wir zu Fuß ins Fürstentum Liechtenstein, wo wir die Hauptstadt Vaduz + das Schloß besichtigten. Am Abend waren wir in Romanshorn am Bodensee und fuhren am nächsten Mittag mit dem Schiff nach Schaffhausen. Wir zelteten dort direkt gegenüber vom Rheinfall und hatten die ganze Zeit das Brausen des Wassers in den Ohren. Am Abend stand die Milchstraße mitten über dem Rhein; die Rheinfälle wurden mit grünen Scheinwerfern kitschig beleuchtet, und wir wurden so romantisch, daß wir Mundharmonika spielten und Abendlieder sangen. Das war unser letzter Abend. Am nächsten Morgen fuhren wir nach Zürich (ich halbkrank und mit Leibschmerzen), tummelten uns im überfüllten Strandbad und in den winkligen Gassen der wunderschönen Altstadt. Um 22.00 waren wir wieder in Aarau und am nächsten Tag um 6.00 fing für mich wieder der Alltag an. Das war der 7. August.

Ich könnte so viel erzählen, jede Landschaft

in ihrer Besonderheit war gleich schön: Die alpine Landschaft des Oeschinen Sees, wo wir die erste Nacht zelteten, die exakten Felder des Rhone-Tales und der schnurgerade Fluß mit den Pappelalleen an den Seiten, die wildromantische Landschaft Norditaliens – wir fuhren von Domodossola bis Camedo durch Italien –, der Tessin mit seinen Palmen, Zitronen- und Bambusbäumen und den schönen, fremdrassig wirkenden Menschen, Lugano als mondäner Kurort mit seinen römischen Bauten, Locarno und der Lago Maggiore, Bern, die entzückende Großstadt, und der Thuner See mit den Hochalpen im Hintergrund. – Es war alles so wunderbar und neu, daß wir ganz beschwipst wurden von all den Erlebnissen.

[…] Ich klappere schon mit den Zähnen – so müde bin ich. Inzwischen ist es nämlich schon 23.45 geworden. Schreib bitte bald wieder und berichte mir endlich mal, ob Du noch immer mit Peggy oder sonst wem zusammen bist. […]«

Am ersten Oktober, einem Sonntag, kam ich vormittags im Kieler Hauptbahnhof an, und schon Ende der Woche begann für mich der Unterricht an der »Privaten kaufmännischen Berufsfachschule Kleemann«, Holstenstraße 2 – 12 in Kiel. Mit dem »Kaffeehandel« und Erspartem aus meiner Tätigkeit bei Senns konnte ich tatsächlich selbst das Schulgeld, eine Dauerwelle und kleinere Anschaffungen bezahlen. Dies war die Bedingung gewesen, um vorzeitig aus der Schweiz zurückkommen zu dürfen.

Nach meiner Erinnerung waren wir ungefähr 45 Teilnehmer in der Klasse. Der Halbjahreskurs war speziell für Oberschüler angeboten worden, und so waren die meisten von uns im Alter von 18 – 20 Jahren; es gab aber auch einige schon etwas Ältere: Umschüler oder Heimkehrer aus der Kriegsgefangenschaft. Unterrichtet wurden die Fächer Buchführung, Handelslehre, Kaufmännisches Rechnen, Bürgerkunde, Kaufmännischer Briefwechsel, Maschinenschreiben und Kurzschrift.

Zum ersten Mal ging ich wirklich gern zur Schule, denn diesmal besaß der Unterricht einen praktischen Wert: die Qualifikation für eine Büroarbeit, mit der ich Geld verdienen konnte.

Und zwar, bis Heini und ich heiraten und eine eigene Wohnung haben würden. Sogar das Fach Rechnen mochte ich gern, und Buchführung fand ich sogar spannend.

Meine Banknachbarin Traute und ich wurden schnell enge Freundinnen. Wir waren gleichaltrig und hatten beide einen festen Freund, mit dem wir so gut wie verlobt waren.

Gerda und Heini (mit Annas Schatten)

Sie stammte vom Lande und wohnte in Kiel zur Untermiete. Und zwar zusammen mit ihrem Freund, einem angehenden Mediziner. »In wilder Ehe« zu leben war damals für ein »Mädchen aus gutem Hause« etwas anrüchig und eigentlich tabu. Doch ich beneidete sie und bewunderte ihren Mut. Wir waren beide lernbegierig und fleißig. Sie war zudem ungewöhnlich schnell und sicher im Kopfrechnen. Geübt hatte sie dies, als sie hin und wieder ihrem Vater geholfen hatte, der die Sparkassenfiliale in ihrem Dorf betreute.

Als verliebtes Paar einmal allein zu sein, war damals schwierig, denn für ein junges Mädchen gehörte sich dies einfach nicht. Doch Mutter duldete es stillschweigend, wenn Heini und ich uns vorübergehend oben in der Dachkammer aufhielten. Obwohl noch der sogenannte »Kuppelparagraph« galt, wonach strafbar war, jemandem »Gelegenheit zur Unzucht zu ermöglichen«. Ich erinnere mich, dass Taha einmal die Tür zur Bodentreppe öffnete und rief: »Es ist nicht nötig, dass Heini so lange oben bleibt!« Zum Glück war sie am Wochenende immer viel unterwegs mit ihren Freundinnen.

Seit ich wieder zu Hause war, versuchte ich mein Klavierspiel auf den alten Stand zu bringen, zu Fräulein Gennrich ging ich allerdings nicht mehr. In Fritz Jödes Liederbuch »Frau Musica« hatte ich zwei Stücke für Sopran mit Klavierbegleitung gefunden, die ich zu meiner eigenen Freude einstudierte. Mutter und Vater baten mich manchmal, sie auch ihren Gästen zu Gehör zu bringen. Es waren Beethovens »Ich liebe dich …« und »Ich komme schon durch manches Land avec que la marmotte …« (Text von Goethe.) Ich weiß noch, dass ich bei »Ich liebe dich« mit meiner Altstimme leichte Schwierigkeiten beim zweigestrichenen Es hatte, was mir dann beim Vortrag peinlich war.

Auf Heinis Anregung begannen wir irgendwann mit vierhändigem Klavierspiel. Er spielte besser als ich und sogar Unbekanntes flüssig vom Blatt. Er übernahm den schwierigeren Teil im Bass, und nach einiger Zeit konnten wir einigermaßen sicher sogar den Klavierauszug von Beethovens Fünfter spielen.

Manchmal übte er mit mir auch für die Schule: Er las etwas aus der Zeitung vor, das ich dann mitstenografierte. Da er selbst Steno beherrschte, konnte er anschließend meine Fortschritte oder Fehler erkennen. Er ermutigte mich, weiterentwickelte Kürzel der Eilschrift zu lernen. Dank dieser Übungen schrieb ich nach dem Halbjahr 150 Silben in einer Minute und bekam die Zeugnisnote »Sehr gut«. Schreibmaschineschreiben (natürlich mit zehn Fingern und »blind«) übte ich ebenfalls zu Hause, und zwar auf Fritz' Reiseschreibmaschine. Als Gegenleistung tippte ich für ihn seine Kurzgeschichten und Gedichte ins Reine.

Hin und wieder gingen wir tanzen, ins Theater oder hörten Konzerte. Wie oft wir uns dies leisten konnten, war eine Frage des Geldes. Heini hatte einen kleinen Verdienst, indem er im Auftrag des NWDR (Nordwestdeutscher Rundfunk) Hörerbefragung betrieb. Dafür besuchte er x-beliebige Leute, deren Adresse er aus dem Telefonbuch entnommen hatte, und befragte sie nach deren Meinung zu bestimmten Sendungen. Außerdem gab Tante Gretchen (Schwester seiner Mutter und meine Patentante) ihm manchmal etwas gegen Honorar zu tun. Sie war selbständige »Helferin in Steuersachen«.

Weihnachten schenkte er mir ein Foto von sich und einen in einer Kunstschrift selbst abgeschriebenen Text von Hans Leip: »Eulenspiegel – Die gleitende Schwelle«. Zwar fand ich den Text etwas schwülstig, aber ich war sehr gerührt wegen der liebevollen Arbeit, die er sich damit für mich gemacht hatte.

Heini, 1950

Silvester feierten wir bei Freunden von Heinis Schwester Ilse und ihrem Mann Karl-Heinz Brodersen. Alle waren sehr viel älter als ich. An das Fest und die Leute erinnere ich mich kaum noch. Nur, dass einer der Gäste im Flensburger

Sinfonie-Orchester Cello spielte und ein »von«
im Nachnamen hatte. Beides fand ich gleicher-
maßen interessant.

***

1951

Nach den Weihnachtsferien ging für mich die Schule weiter. Einer unserer Mitschüler fehlte. Wir erfuhren, er habe Geld veruntreut und werde demnächst vor Gericht gestellt. Wir waren fassungslos!

Heini wohnte während seiner Referendarzeit wieder in Flensburg. Deshalb konnten wir uns meistens nur am Wochenende sehen, das damals erst am Sonnabendnachmittag begann; für Arbeit und Schule galt die Sechstagewoche. Entweder kam er zu uns in die Kantstraße oder ich fuhr nach Flensburg. Dort durfte ich im Haus seiner Eltern übernachten. Bei uns gab es dies für Heini nicht. Nach meiner Erinnerung kam er dann für die eine Nacht bei Frau Hamann in der Geibelallee unter.

Wir wollten uns jetzt auch offiziell verloben, ich sprach mit Mutter darüber. »Erstmal sind

Anna und Klaus dran mit ihrer Hochzeit«, sagte sie, »ihr müsst noch warten.« Annas Hochzeitstermin stand fest, er war am 24. März.

Doch an einem Sonntagvormittag im April erschien Heini bei uns mit einem Blumenstrauß für Mutter und bat um ein Gespräch mit ihr und Vater. Eigentlich stand es für die Brömel- und Ohrtmann-Familien schon fest, dass Heini und ich zusammenbleiben würden. Jetzt hielt er auch formell um meine Hand an. Zwar sei ich

vorn: Heinis Eltern Irene und Fritz,
hinten v. li: Heini, Gerda, Ilse, Karl-Heinz

ja noch ziemlich jung, hieß es, erst in zwei Jahren würde ich volljährig, aber Einwände gegen unsere Verbindung gab es nicht. Mit der Verlobung sollten wir jedoch noch etwas warten, meinte Mutter wieder, denn es sei der Verwandtschaft nicht zuzumuten, zweimal im Jahr für ein Fest bei uns anzureisen.

Inzwischen hatte ich den Kleemann-Kurs erfolgreich beendet. In allen Fächern erreichte ich ein »Gut«, in Kurzschrift sogar »Sehr gut« (s. Anhang, S. 228). Bereits zwei Tage nach der feierlichen Zeugnisübergabe am 27. März meldete ich mich auf dem Arbeitsamt. Trotz der allgemein hohen Arbeitslosigkeit wies man mir sofort eine Arbeit als Stenotypistin nach, und zwar bei einem Hersteller für Hörgeräte. Die Firma befand sich in Hassee – nur eine halbe Stunde Fußweg von zu Hause entfernt.

Ich stellte mich beim Chef, Ingenieur Sengewitz, vor, wurde nach kurzem Gespräch angenommen und erhielt einen Arbeitsvertrag schon ab dem ersten April mit einem Gehalt von 110 DM im Monat. Die tarifliche Arbeitszeit der Sechstagewoche betrug 48 Stunden. Als noch Jugendliche hatte ich Anspruch auf drei Wochen (18 Tage) Jahresurlaub, ab dem 21. Lebensjahr zwei Wochen (12 Tage).

Die Hörgeräte-Firma geriet allerdings sehr bald in Schwierigkeiten, und die Angestellten erhielten »vorsorgliche Kündigungen«. Daraufhin bewarb ich mich bei der Landesbank und Girozentrale Schleswig-Holstein. Bereits am ersten Juni konnte ich dort meine Tätigkeit aufnehmen als Stenotypistin in der Außenhandelsabteilung und als Vertretung am Fernschreiber (Telex).

Da mein Telex-Kollege häufig längere Zeit krank war, saß ich oft oben im ersten und damals obersten Stockwerk des darüber bombenbeschädigten Gebäudes. Es war eines der wenigen Häuser in der Neuen Straße (spätere Andreas-Gayk-Straße), das nicht völlig zerstört worden war.

Im ca. sechs Quadratmeter kleinen Raum nahm das Fernschreibgerät den größten Teil ein, daneben passte gerade noch ein 90 cm breiter Schreibmaschinentisch samt normalem Stuhl. Aber jedenfalls hatte ich ein Fenster, allerdings mit ca. 90 mal 30 cm war auch dies winzig. Von dort konnte ich auf die Kreuzung Sophienblatt, Ziegelteich, Holstenstraße blicken. Und auch auf den Verkehrspolizisten, der auf einem kleinen Podest in der Mitte der Kreuzung stand und mit Handzeichen den damals noch schwachen Verkehr regelte.

Am Fernschreiber (bereits mit Papierrolle statt Lochstreifen) hatte ich Devisengeschäfte zu erledigen. Der Devisenhandel war in Deutschland noch bewirtschaftet, und deshalb mussten auch die deutschen Banken mit ihren Zuteilungen auskommen. Untereinander konnten sie aber damit handeln. Überwiegend war es morgens, dass der FS ratterte, wenn andere Banken »Geld oder Brief waren«, d. h. Devisen kaufen oder verkaufen wollten. Nach meiner Erinnerung »war« unser Haus fast immer »Geld«. Bei Bedarf beauftragte mich Herr Voß, Chef der Außenhandelsabteilung, ihm das günstigste Angebot zu übermitteln, worauf er mich telefonisch und mit zusätzlichem Beleg mit dem Kauf per Fernschreiber beauftragte.

Ansonsten erledigte ich in meinem Kabuff Schreibarbeiten – entweder am Fernschreiber oder auf der Schreibmaschine. Manchmal tippte ich auch privat, und zwar Fritz' Kurzge-schichten und Gedichte, die er in »Reinschrift« für Verlage oder Literatur-Wettbewerbe brauchte.

Mein Gehalt betrug 143 DM monatlich, bald erhielt ich aber noch eine Zulage für die Telex-Tätigkeit. Hinzu kam im Dezember ein 13. Mo-natsgehalt. Später gab es Mitte des Jahres auch eine Tantiemen-Zahlung, die praktisch ein 14. Gehalt war. Anfangs hatten wir noch ein halbes Extragehalt erhalten. Dies war als Ausgleich dafür gedacht, dass wegen Platzmangels meh-rere Angestellte unserer Abteilung im Keller ar-beiten mussten. Dazu gehörte auch ich. Wir hockten dort bei künstlicher Beleuchtung eng beieinander. Durch das einzige kleine Fenster zur Straße sahen wir die Beine vorbeieilender Fußgänger. Doch nach einiger Zeit konnten wir hinauf ins Erdgeschoss in die große Kunden-halle ziehen. Nur Biba, Herr Bindeballe, blieb mit seiner Devisen- und Sortenkasse zunächst noch im Keller.

Ich arbeitete im Bereich »Unsichtbare Ein-fuhren (Invisible Imports): Zahlungsmittel für Reisen ins Ausland«. Dafür hatte ich die von

Seite mit meinen handschriftlichen Eintragungen
in Heinis und meinen Familien-Reisepass

zuständigen Behörde m Rahmen des Devisen-
Kontingents genehmigten DM-Beträge mit
Hilfe einer großen und lauten Maschine in die
entsprechende Währung umzurechnen, die
Reiseschecks der ausländischen Banken auszufüllen (Devisenbeträge in Ziffern und Worten –
überwiegend auf Englisch oder Französisch),
den Betrag in den Reisepass einzutragen sowie
das Rechnungsformular für den Kunden

auszufüllen. Im Reisezahlungsmittel-Verkehr hatten wir immer vor Weihnachten und den Sommerferien besonders viel zu tun, oft mussten wir Überstunden machen. Manchmal lief dann jemand von uns rüber zu Fiedler, um Kuchen zu kaufen, für die wir vorher zusammengelegt hatten.

[Wie es mir bei meiner ersten Arbeitsstelle und danach bei der Bank erging, erzählt auch meine vor mehreren Jahren im Präsens verfasste und nicht ganz wahre Kurzgeschichte »Baby, It's Cold Outside« (s. Seite 207)].

Ich besaß ein Sparbuch, auf das ich jeden Monat einen bestimmten Betrag einzahlte. Das Geld war für Möbel bestimmt – falls wir überhaupt irgendwann einmal eine eigene Wohnung zugewiesen bekämen! Denn noch immer wurde Wohnraum amtlich zugeteilt. Für die Anwartschaft auf ein Zimmer oder eine Wohnung gab es ein Punktesystem, das sich nach der Bedürftigkeit der Antragsteller richtete. Da wir jedoch weder Flüchtlinge noch Ausgebombte waren, denen mehr Punkte zustanden, lag für uns eine eigene Wohnung in sehr weiter Ferne.

Aber jedenfalls durften wir nun doch schon im Oktober dieses Jahres Verlobung feiern und ein Jahr später sogar heiraten. Als Ehepaar ohne Wohnung verbesserte sich übrigens auch unser Punktestand beim Wohnungsamt. Außerdem erhielt Heini – inzwischen im letzten Referendar-Jahr – als Verheirateter einen etwas erhöhten Unterhaltszuschuss.

Da ich bei unserer Heirat noch nicht volljährig war, musste Vater als mein gesetzlicher Vertreter schriftlich sein Einverständnis dazu erklären und amtlich beglaubigen lassen. Allerdings musste er dies zweimal erledigen, denn seine erste Erklärung war mir irgendwie abhandengekommen. Ich hatte sie so »sicher« verwahrt, dass selbst ich sie einfach nicht wiederfinden konnte!

*****

Baby, It's Cold Outside
(I Really Can't Stay)

Ein Tut damit und Sie fliegen raus aus dem Gottesdienst!«, droht der Kirchendiener einer mit Hörrohr bewaffneten alten Frau. Dieser Witz ist das Einzige, was ich bisher mit dem Begriff Hörgerät verbinde, und nun hat das Arbeitsamt mich ausgerechnet an eine Firma für derartige Apparate vermittelt!

Im vorangegangenen Halbjahres-Intensivkursus an einer privaten Berufsfachschule habe ich Stenographie, Maschineschreiben, Buchführung, Bürgerkunde und kaufmännisches Rechnen gelernt und mich damit zur Stenotypistin qualifiziert.

»Du hast aber Glück, Gerda!«, sagen meine Mitschülerinnen voller Neid. Ich bin bisher die Einzige, die unmittelbar nach unserer Abschlussprüfung eine Stelle bekommt – Anfang der fünfziger Jahre gibt es immer noch ein Heer von Arbeitslosen.

Mein Monatsgehalt beträgt hundertzehn D-Mark brutto. Das ist weniger als ich gehofft habe. Denn seit langem träume ich von der Anschaffung eines Radios. Ein Gerät habe ich schon im Auge, es steht bei Kihr-Goebel in der Auslage und ist einer der ersten kleineren Apparate: eine Philetta zu 175 D-Mark. Das Gehäuse aus elfenbeinfarbenem Kunststoff mit gitterartig verkleidetem Lautsprecher finde ich todschick.

Es müsste wunderbar sein, damit in meiner Dachkammer Kurt Edelhagens Tanzmusik vom Nordwestdeutschen Rundfunk zu empfangen oder von AFN, dem amerikanischen Soldatensender, Ella und Louis zu hören mit »Baby, it's cold outside ...« Davon werde ich nun allerdings auch weiterhin träumen müssen. Zwar wohne ich mit meinen knapp neunzehn Jahren noch bei meinen Eltern und brauche nur einen Teil meines Lohnes abzugeben, aber die zwei Wochenend-Bahnfahrten im Monat nach Flensburg zu meinem Verlobten, eine neue Dauerwelle und Kleidung zehren das übrige verdiente Geld schnell auf.

Die Firma ist nicht sehr groß. Sie besteht aus dem Chef, dem Prokuristen, einer Sachbearbeiterin, einer Buchhalterin, einer Kontoristin und nun auch noch aus mir. Wir Frauen sitzen in einem Raum zusammen. Wo die Hörgeräte eigentlich hergestellt werden, erfahre ich nicht, und ich traue mich auch nicht, danach zu fragen.

Den Chef bekommen wir zum Glück selten zu sehen; alle haben Angst vor ihm. Gleich an meinem ersten Tag deutet die Sachbearbeiterin alarmiert auf einen flachen Kunststoffkasten in der Mitte unserer zusammengestellten Schreibtische, als ich irgendetwas Privates erzähle. Sie schüttelt den Kopf und legt den rechten Zeigefinger an die Lippen. Dieser Kasten gehört zur Wechselsprechanlage mit dem Chefzimmer, und die Angestellten sind fest davon überzeugt, dort werde alles mitgehört. Meine berufstätige Tante Hanna glaubt das allerdings nicht, außerdem meint sie: »Man braucht sich überhaupt nicht vor irgendeinem Vorgesetzten zu fürchten! Das ist ein Mensch wie alle anderen! Stell dir doch nur mal vor, wie lächerlich solch ein Kerl in langen Unterhosen aussieht!«

Ab und zu werde ich zum Diktat gerufen, und trotz der langen Unterhosen gerate ich jedes Mal fast in Panik. Ich muss Briefe schreiben, in denen unzufriedene Kunden beschwichtigt und hingehalten werden. Ständig schwebe ich in der Angst, meine Stenogramme später nicht mehr entziffern zu können, zumal sie so schrecklich lange und unbekannte Wörter enthalten wie »Lautstärkeregelungsschalter«, »Ausgangsbuchse« oder »Batterieanschlusskabel.« Zu meinen Aufgaben gehört es auch, anfragenden Kunden Prospekte zu schicken, ihre Adressen in einer Kartei zu vermerken und den jeweiligen Vertretern die Anschriften zukommen zu lassen.

Sonnabends erscheint der eine oder andere dieser Herren, die es sämtlich auf die Sachbearbeiterin abgesehen haben, eine vollschlanke Blondine Ende Zwanzig: »Na, schönes Fräulein«, heißt es dann, »wollen Sie mich nicht endlich erhören und heute Abend mit mir tanzen gehen?«

Die Buchhalterin hat mir unter dem Siegel der Verschwiegenheit anvertraut: »Die ist in der Gewerkschaft. Also passen Sie bloß auf!«

Weshalb ich aufpassen soll, verrät sie jedoch nicht. Das Gewerkschaftsfräulein empfiehlt mir jedenfalls, nicht so dumm zu sein, Überstunden für »diesen Saftladen« zu machen.

Die wöchentliche Arbeitszeit beträgt achtundvierzig Stunden, die auf sechs Tage verteilt sind. Aber sonnabends dauern die Bürostunden nicht bis halb sechs Uhr abends, sondern nur von acht bis halb zwei. In der unbezahlten Mittagsstunde rase ich mit dem Fahrrad nach Hause. Wenn ich energisch in die Pedale trete, schaffe ich den Hin- und Rückweg in zusammen nur fünfundvierzig Minuten, so dass mir genau fünfzehn Minuten Zeit fürs Essen bei Mutter bleiben.

Als ich mittags einmal etwas früher wieder im Büro eintreffe, kommen gerade der glatzköpfige Prokurist und die Kontoristin mit hochroten Köpfen wie ertappt aus dem Nebenzimmer. Zwar wundere ich mich darüber, aber der naheliegende Gedanke für die Ursache der roten Köpfe erscheint mir zu abwegig – er ist verheiratet und bestimmt schon vierzig und meine Kollegin nur ein Jahr älter als ich!

Doch sogar die Buchhalterin, eine »alte« Kriegerwitwe Ende dreißig, hat einen Freund. Sie lebt mit ihm ohne Trauschein in einer sogenannten »Onkelehe«. Diese Bezeichnung hat

sich eingebürgert, weil in solchen Zweckge-
meinschaften die Kinder der Frau das neue Familienmitglied »Onkel« und nicht »Vati« nen-
nen sollen. Trotz der zu der Zeit herrschenden
strengen Sitten werden diese Verbindungen allgemein nicht als moralisch verwerflich angese-
hen. Denn durch eine Heirat würde der Witwe
die Rente für ihren gefallenen Ehemann verloren gehen – Geld, das häufig auch den arbeitslosen oder kriegsversehrten »Onkel« miter-
nährt. Die Buchhalterin wohnt im Nebenhaus,
und nur so bewältigt sie wohl die Anforderun-
gen von Beruf und Haushalt mit Mann und
Kindern. Aber natürlich ist sie immer in Eile.
Einmal, als sie morgens gerade noch rechtzeitig
ins Büro stürzt, sieht sie etwas merkwürdig aus.
Wir haben die Gegensprechanlage vollkommen
vergessen, als wir wie auf Kommando losprus-
ten: Wie immer unter Zeitdruck hat sie sich
heute die Augenbrauen mit dem Lippenstift
und die Lippen mit dem Augenbrauenstift an-
gemalt!

Sonst gibt es im Büro jedoch kaum etwas zu
lachen. Im Gegenteil: Die Kolleginnen tuscheln
aufgeregt, reden von drohender Arbeits-

losigkeit und wie es dann nur mit den fälligen Raten werden soll. Ich kann mir keinen Reim darauf machen, bis wir schließlich alle einen Brief mit unserer »vorsorglichen Kündigung« erhalten. Zu diesem Zeitpunkt bin ich genau vier Wochen in der Firma – vierundzwanzig Tage voller Unbehagen mit sich endlos dehnenden Stunden.

Meine beste Freundin ist gerade bei einer Bank untergekommen. »Das wär doch auch was für dich, Gerda«, ermuntert sie mich, während sie begeistert von ihrer interessanten Tätigkeit und dem guten Gehalt erzählt.

Kurz entschlossen bewerbe ich mich nun ebenfalls bei einem Geldinstitut, das mich aufgrund meiner gymnasialen Fremdsprachenkenntnisse und eines zusätzlichen Tests tatsächlich einstellen und außerdem dreißig Mark mehr im Monat zahlen will – und das dreizehn Mal im Jahr! Als mir dann der Hörgeräte-Chef nach vorläufiger Sanierung seiner Firma eine Weiterbeschäftigung anbietet – sogar mit einer winzigen Gehaltsaufbesserung –, lege ich ihm kühl mein Kündigungsschreiben auf den Tisch.

In meiner neuen Tätigkeit mit netten

213

Kollegen fühle ich mich schnell sehr wohl. Einer von ihnen verrät mir: »Ich hab gleich gewusst, dass der Chef sich für Sie entscheidet!« – »Und wieso?«, frage ich. – »Unsere Außenhandelsabteilung ist doch bekannt für hübsche Mädchen!«

Im hektischen Bankbetrieb müssen natürlich auch hübsche Mädchen fleißig arbeiten, aber es macht Freude, etwas zu leisten und gutes Geld zu verdienen.

Philips »Philetta«
(24,5 x 16,2 x 16 cm)

Irgendwann in gar nicht ferner Zeit kann ich dann endlich mein eigenes Radio kaufen – auf

214

Raten, versteht sich. Und jetzt erklingt am Wochenende in meiner Dachkammer Kurt Edelhagens Tanzmusik, während mein Verlobter und ich von unserer gemeinsamen Zukunft träumen. Wenn dann gegen Mitternacht AFN auch noch unser Lieblingslied »Baby, it's cold outside ...« spielt, singen wir beide mit. »Aber nur ganz leise!«, warne ich meinen Liebsten, denn meine Eltern glauben, er sei schon längst gegangen.

***

Anhang

Görlitz, den 13. Mai 1949

Liebe Mädel der Hindenburgschule!

Die Blockade, die seit dem März 1949 bestand und die uns fast völlig trennte, ist nun gefallen. Wenn Deutschland auch noch nicht das ist, was wir uns ersehnen und erhoffen, nämlich ein einiges Deutschland, wenn es auch immer noch eine Ost- und eine Westzone gibt, so ist doch schon ein Schritt zur völligen Einigung getan. Aus der Freude heraus, die wir darüber empfinden, schreiben wir an Euch. Wir wollen durch Briefe voneinander und von den Ereignissen in unseren Zonen hören. Vor allen Dingen aber wollen wir Wert auf das legen, was unser gemeinsames Vaterland angeht. Wir wollen über die Zonen hinwegsehen auf unser Ziel: ein einiges, friedliches Deutschland! Vor allen Dingen muß uns als Jugend die Frage beschäftigen: „Wie können wir dazu beitragen?" Unser Briefwechsel soll uns diese Frage beantworten helfen. Es soll Klarheit schaffen in uns über die Verhältnisse in unseren Zonen und wie auf dieses Ziel hingearbeitet wird.

Die vier Jahre nach Beendigung des Krieges haben uns noch keinen Friedensvertrag mit den anderen Völkern gebracht. Wir wissen aber, wie nötig ein solcher gebraucht wird, wenn wir unser Vaterland wieder aufbauen wollen. Und wir hoffen doch, daß Ihr das auch wollt und damit unserer Meinung seid. Es ist daher äußerst wichtig, daß der deutsche Volkskongreß, vor dessen Wahl wir jetzt stehen, zustande kommt. Die Besprechung des Volksrates in Braunschweig, zu der auch die Vertreter Eurer Zone kommen werden, trägt zur Schaffung eines baldigen Friedensvertrages bei. Wir müssen untereinander zusammenhalten, wenn wir wollen, daß unsere Pläne und Wünsche von den anderen Völkern erhört werden.

In den vier Jahren haben wir es an uns selbst erfahren, was eine Trennung Deutschlands in Ost und West bedeutet. Wie leicht ist es dadurch geworden, Gerüchte über die Lebensverhältnisse in den verschiedenen Zonen auftauchen zu lassen. Diese Gerüchte sind nur Hindernisse, sie helfen uns nie dabei, zur Einheit zu kommen.

Sicher habt Ihr vom Zweijahresplan unserer Zone gehört und von der Henneckebewegung. Ihr habt vielleicht darüber gelacht und sie nicht ernst genommen. Wir aber sagen Euch: Es ist doch etwas daran an diesen Einrichtungen, sie helfen doch dazu, eine gesunde Friedenswirtschaft aufzubauen! Wir spüren es an vielen Einrichtungen, die getroffen

217

werden und die uns das Leben erleichtern. Damit wollen wir aber nicht denen Recht geben, daß das Leben bisher in der Ostzone unerträglich gewesen sei. Unsere Arbeit war schwer, aber die Erfolge, die wir dabei erzielten zeigen uns, daß unsere Mühe nicht umsonst gewesen ist. Es ist doch ein Zeichen von Vertrauen zu uns, daß unsere Vertreter im Volkskongreß bei Friedenskonferenzen der Großmächte mitsprechen dürfen. Wir wollen den Völkern zeigen, daß wir dieses Vertrauen verdienen.

Ihr seid Schülerinnen wie wir und wißt auch, daß man die Pflichten der Schule nicht übersehen darf. Aber das, was uns ganz besonders angeht, das Wohl unseres Volkes, muß das erste sein. Wir wollen in der Schule lernen, um unsere geistigen Kräfte einmal in den Dienst des Vaterlandes stellen zu können.

Wir grüßen Euch in der Hoffnung, daß ihr uns die Hände reichen werdet zur gemeinsamen Arbeit für die Einigung und den Frieden Deutschlands!

Die Schülerinnen
der Luise-Otto-Peters-Schule, Görlitz Kl.

Unser Flensburg

(Melodie: Strömt herbei ihr Völkerscharen)

von

Hans Friedrich Siegfried Ohrtmann

Flensburg, Husumer Straße 89

Wunderbar rings von den Hügeln
Schweift der Blick hinab ins Tal,
Wenn von lichten Sonnenflügeln
Alles blinkt im goldnen Strahl.
Wo die Duburg einst gestanden,
Steh'n jetzt Bauten stolz und kühn.
Selbst die trauten Mühlen schwanden
Viele mit der Zeit dahin.

Viel von allem ist verschwunden,
Woran die Erinn'rung hängt,
Was manch kluger Sinn erfunden
Von der neuen Zeit verdrängt.
Wenn die Augen, die sich schlossen
Einst vor vielen Jahren hier,
Säh'n jetzt Flensburg, lichtumflossen,
Uns'rer Heimat Stolz und Zier.

Schöne Kirchen, prächt'ge Bauten
In dem Tal wie auf den Höh'n,
Die ein Volk mit festem Glauben
Für die Nachwelt ließ ersteh'n,
Schiffe kreuzen stolz den Hafen.
Wenn wir schau'n von Flensburgs Höh'n,
Können wir mit Wahrheit sagen:
›Uns're Heimatstadt ist schön!‹

»Unserem lieben Johann
zum 37sten Lebensjahr [1935] ›gewiedmet‹
von Mutter und Vater«

KÄTHE-KOLLWITZ-SCHULE
Oberschule für Mädchen
KIEL

ABGANGSZEUGNIS

Gerda Oßmann
(Name und sämtliche Vornamen, Rufname unterstreichen)

geboren den _10. April_ 19_32_ zu _Rageslorf_ , Kreis _Itzehoe_
_ev._ Bekenntnisses, Tochter des _Regierungs- und Schulrats Johannes Oßmann_
zu _Kiel_ besuchte die Schule von _Ostern_ 19_42_ bis _Herbst_ 19_49_
und war zuletzt (im Schuljahr 19_49_/_50_) Schülerin der Klasse _U III b_ Sie wiederholte die Klasse
Sie wurde nach Anhören der Konferenz vom 19 nach versetzt.

Verhalten in der Schule: _fast gut_

Beteiligung am Unterricht: _gut_

Leistungen: (Prädikate: 1 = sehr gut, 2 = gut, 3 = genügend, 4 = mangelhaft, 5 = ungenügend)

1. Religionslehre:	genügend	11. Biologie:	genügend
2. Deutsch:	gut	12. Musik:	gut
3. Geschichte:	gut	13. Kunsterziehung:	gut
4. Erdkunde:	genügend	14. Nadelarbeit:	gut
5. Lateinisch:	genügend	15. Leibesübungen:	genügend
6. Englisch:	genügend	16. Schrift:	genügend
7. Französisch:	genügend	17. Arbeitsgemeinschaften:	
8. Mathematik:	mangelhaft		
9. Physik:	genügend		
10. Chemie:	genügend		

Bemerkungen: _Gerda verläßt die Schule, um auf eine Fachschule überzugehen._

Kiel, den _19. Oktober_ 19_49_.

gez.   _gez._
Oberstudiendirektor   Klassenlehrer

Bestell-Nr. 188 S.-H.
Verlagsanstalt Ferdinand Langenkämper, Wuppertal-Elberfeld
R. 65 · 405/4000, 2. 48. Kl. A

Noten: Sehr gut (1), Gut (2), Genügend (3),
Mangelhaft (4), Ungenügend (5)

221

Zäzilie soll die Fenster putzen,
sich selbst zum Gram, jedoch dem Haus zum
Nutzen.

Durch meine Fenster muss man, spricht die
Frau,
so durchsehn können, dass man nicht genau
erkennen kann, ob dieser Fenster Glas
Glas ist oder Luft. Merk dir das.

Zäzilie ringt mit allen Menschen-Waffen …,
doch Ähnlichkeit mit Luft ist nicht zu schaffen.
Zuletzt ermannt sie sich mit einem Schrei –
und schlägt die Fenster allesamt entzwei!
Dann säubert sie die Rahmen von den Resten,
und ohne Zweifel ist es so am besten.
Sogar die Dame spricht zunächst verdutzt:
So hat Zäzilie ja noch nie geputzt!

Doch bald ersieht man, was geschehn,
und sagt einstimmig: Diese Magd muss gehen!

(Christian Morgenstern)

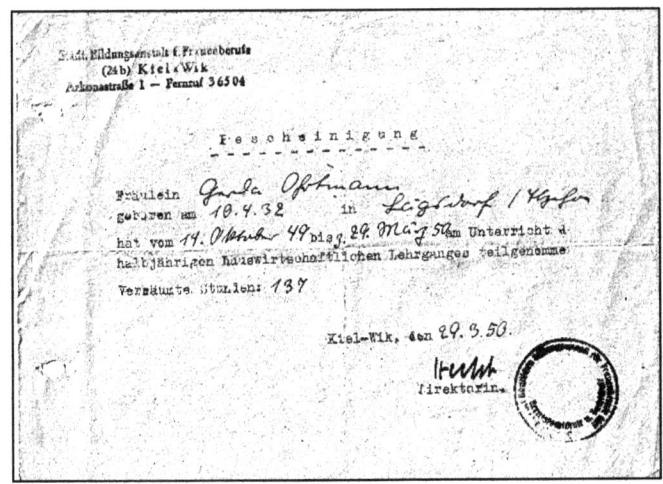

Bescheinigung
der Städt. Bildungsanstalt für Frauenberufe, Kiel

Die Soldaten
haben mit Kugeln geschossen.
Die Kinder
haben mit Kirschen geworfen.
Nun sind die Kinder
voller Kugeln.
Nun sind die Soldaten
voller Kirschen.

aus: Fritz Ohrtmann »Es gibt keine Mauern. Gedichte«, herausgegeben von Gerda Brömel, Nor-
derstedt 2010

Aus »Blick in die Welt«, August 1950:
»Fritz Ohrtmann (Kiel) geht nach Newcastle«
(Foto-Auswahl)

Bei seiner Adoptivfamilie Johnson fühlt sich Fritz durchaus heimisch

»Bei seiner neuen Adoptivfamilie Johnson
fühlt sich Fritz durchaus heimisch«

In Kiel auf der Wegsuche: Die einzelnen Seminare liegen weit verstreut

»In Kiel auf Wegsuche«
Peter L. Johnson aus Newcastle upon Tyne

Fräulein Gerda Ohrtmann aus
Kiel, geb. am 10. April 1932,
war vom 17. April bis 30. Sept.
1950 bei mir als Haustochter
in Stellung, x hat sich während
dieser Zeit in Küche & Haushaltung
gut eingearbeitet. Sie war uns

eine liebe Hausgenossin, x wir
wünschen ihr für ihre Zukunft
alles Gute.

      Frau Senn-Siegfried
      Renggerstr. 60
      Aarau

Aarau, 30. Sept. 1950.

Zeugnis von Frau Senn

Zeugnis für Ohrtmanns Gerda

Als Haustochter war sie da!
Sie lief tagein, tagaus
treppauf, treppab im Haus,
konnte sich tüchtig regen
beim Betten, Klopfen, Fegen.
   Nicht dass man sagen könnte:
›Chott oh Chott, was ist sie eine Perle!‹
Es ging wohl in der Küche
manchmal was in die Brüche,
wie's bei allen Menschen Brauch,
klar, so war's bei Gerda auch.
   Sie hat doch noch indessen
für anderes Interessen.
Abends blieb sie zu Hause
in ihrer stillen Klause
und schrieb dort manchen Satz
an ihren lieben Schatz,
las auch der Bücher viele
wohl meist von gutem Stile.
   Nun zieht sie in die Ferne,
wir hatten sie recht gerne
und wünschen, dass ihr Streben
Glück bringe ihr im Leben.
Für's Schöne stets begeistert,
wir glauben, dass sie's meistert.« (v. Hans Senn)

Private kaufmännische Berufsfachschule
Kleemann
Kiel - Holstenstraße 2-12

Zeugnis

Fräulein Gerda Orthmann

aus Kiel geb. am 10. IV. 1932 hat ab Anfang Oktober / 50

an einem ~~Jahres~~ Halbjahres-Kursus in den nachstehenden Fächern teilgenommen:

		Std.			Std.
Buchführung	gut	110	Englisch	-	
Führung der Buchführungshefte	befriedigend	-	Spanisch		
Handelslehre	gut	45	Französisch		
Kaufm. Rechnen	gut	65	Deutsch		
Kaufm. Briefwechsel	gut	45	Maschineschreiben	gut	110
Bürgerkunde	gut	22	Erreicht 220 Anschläge in 1 Minute		
			Kurzschrift	sehr gut	130
			Erreicht 150 Silben in 1 Minute		

Schulbesuch regelmäßig   Kiel, den 27. März 1951

Der Schulleiter: Kleemann

Leistungsstufen:
  Stufe 1: sehr gut
  Stufe 2: gut
      (wesentlich über dem Durchschnitt stehend)
  Stufe 3: befriedigend
      (vollwertige Normalleistung ohne Einschränkungen)
  Stufe 4: ausreichend
      (ausreichende Leistungen, wenn auch nicht ohne Schwächen)
  Stufe 5: mangelhaft

Quellen

Privatarchiv Gerda Brömel:
Briefe, Dokumente, Taschenkalender 1949 und 1950

Jürgen Jensen: Kieler Zeitgeschichte im Pressefoto, 2. Auflage, Neumünster 1985

Harten-Strehk/Kopf/Reinfandt, Hg.
Schmöe: Verein der Musikfreunde Ein Kieler Konzertleben, Kiel 2001

Dieter Struss: das war 1949, München 1982
Dieter Struss, das war 1950, München 1983

www.wikipedia.de
www.kiel-wiki.de: 1949 und 1950

Fotos:
S. 44: Bundesarchiv Bild 183-2005-0707-508,
        Kiel, Aufforstung durch Schuljugend

S. 51: kiel-wiki.de
S. 56: unbekannt (Internet)
alle anderen Fotos: privat

Gerda Brömel Bücher und E-Books

Aus dem Takt gekommen, (Kiel-Krimi)

Eine Frau in den *zweit*besten Jahren – Geschichten um Luise-Marie – Satiren

Eine Frau in den *zweit*besten Jahren – *Neue* Geschichten um Luise-Marie … und andere

Farbeffekte, *Kuriose* Geschichten & Limericks

Das Limit. Ausgrenzungen/Eingrenzungen

Begegnungen unterwegs (Reisegeschichten)

Auf der Schaukel – Kindheitsbilder 1936 – 1945

Vun wat Fruunslüüd dröömt un annere Vertellen

Der Förde-Nikolaus (Weihnachtsgeschichten)

Liebe friesische Freundin, (romanhafte Erzählung)

Brömels Geschichten um *schräge* Typen

TEXTE Kurzgeschichten, Erzählungen, Berichte

Meine schönsten Reisen:

    Kanadische Arktis mit dem Eisbrecher (1)

    Galapagosinseln & Südamerikas Westen (2)

    Jangtse-Flussfahrt & Xi'an – Beijing (3)

    Auf dem Irawadi durch Myanmar [Birma] (4)

    Stippvisiten (5)

Kieler Deern 1945 – 1949

Gerda Brömel (Hrsg./Bearbeiterin)

Johann Ohrtmann »Sind Kriege notwendig? Lebenserinnerungen eines Pazifisten und Schulmannes«, bearbeitet und für den Druck eingerichtet von **Gerda Brömel**, Hg.: Beirat für Geschichte der Arbeiterbewegung und Demokratie in Schleswig-Holstein

Fritz Ohrtmann, (Hg. Gerda Brömel)
Es gibt keine Mauern – Gedichte –

Fritz Ohrtmann (Hg. Gerda Brömel)
Eine Plattmuschel namens Rosa
– Sylter Muschelgedichte –